O Despertar
e Contos Selecionados

KATE CHOPIN

O DESPERTAR
E CONTOS SELECIONADOS

Tradução
Debora Guimarães Isidoro

Principis

Esta é uma publicação Principis, selo exclusivo da Ciranda Cultural
© 2022 Ciranda Cultural Editora e Distribuidora Ltda.

Traduzido do original em inglês
The awakening and short stories

Texto
Kate Chopin

Editora
Michele de Souza Barbosa

Tradução
Debora Guimarães Isidoro

Preparação
Walter Sagardoy

Produção editorial
Ciranda Cultural

Diagramação
Linea Editora

Revisão
Fernanda R. Braga Simon
Eliel Cunha

Design de capa
Ana Dobón

Imagens
The Deep Designer

Dados Internacionais de Catalogação na Publicação (CIP) de acordo com ISBD

C549d	Chopin, Kate
	O despertar e contos selecionados / Kate Chopin ; traduzido por Débora Isidoro. - Jandira, SP : Principis, 2022.
	192 p. ; 15,50cm x 22,60cm. - (Clássicos da literatura mundial)
	Título original: The Awakening and short stories
	ISBN: 978-65-555-2828-2
	1. Literatura americana. 2. Feminismo. 3. Contos. 4. Mulher. 5. Casamento. 6. Maternidade. 7. Infidelidade. 8. Machismo. I. Isidoro, Débora. II. Título. III. Série.
	CDD 813
2022-0944	CDU 821.111 (73)

Elaborado por Lucio Feitosa - CRB-8/8803

Índice para catálogo sistemático:
1. Literatura americana : 813
2. Literatura americana : 821.111(73)-3

1ª edição em 2022
www.cirandacultural.com.br
Todos os direitos reservados.
Nenhuma parte desta publicação pode ser reproduzida, arquivada em sistema de busca ou transmitida por qualquer meio, seja ele eletrônico, fotocópia, gravação ou outros, sem prévia autorização do detentor dos direitos, e não pode circular encadernada ou encapada de maneira distinta daquela em que foi publicada, ou sem que as mesmas condições sejam impostas aos compradores subsequentes.

Esta obra reproduz costumes e comportamentos da época em que foi escrita.

SUMÁRIO

O despertar..7
Além do remanso 146
Madame Pelagie 153
O bebê de Desiree 162
Uma mulher respeitável............................. 169
O beijo.. 174
Um par de meias de seda........................... 178
O medalhão.. 184
Uma reflexão.. 191

O despertar

1

Um papagaio verde e amarelo, que ficava em uma gaiola pendurada do lado de fora da porta, repetia muitas vezes:

– *Allez vous-en! Allez vous-en! Sapristi!*[1] É isso mesmo!

Ele também sabia falar um pouco de espanhol, e outro idioma que ninguém entendia, talvez apenas o rouxinol que ficava na gaiola pendurada do outro lado da porta, assobiando suas notas leves à brisa com persistência irritante.

O senhor Pontellier, que não conseguia ler seu jornal com algum conforto, levantou-se com cara de desgosto e uma exclamação correspondente.

Desceu à sacada e atravessou as "pontes" estreitas que ligavam os chalés Lebrun. Antes, estava sentado na frente da porta da casa principal. O papagaio e o rouxinol pertenciam a madame Lebrun e tinham o direito de fazer todo o barulho que quisessem. O senhor Pontellier podia se afastar deles quando deixavam de ser divertidos.

---
[1] Vá embora! Vá embora! Puta merda! (N.T.)

Ele parou na frente da porta do próprio chalé, que era o quarto a partir da casa principal e o penúltimo da fila, sentou-se na cadeira de balanço de vime que ficava ali e, novamente, dedicou-se à tarefa de ler o jornal. Era domingo; o jornal era do dia anterior. Os jornais de domingo ainda não haviam chegado a Grand Isle. Já se informara sobre os relatórios do mercado e olhou rapidamente os editoriais e as notícias que não tivera tempo de ler antes de sair de Nova Orleans, no dia anterior.

O senhor Pontellier usava óculos. Era um homem de quarenta anos, de estatura mediana e corpo mais para esguio, porém um pouco encurvado. Os cabelos eram castanhos e lisos, repartidos de lado. A barba era bem aparada e curta.

De vez em quando, ele desviava a vista do jornal e olhava ao redor. Havia mais barulho do que nunca na casa. O edifício principal era chamado de "a casa", para distingui-lo dos chalés. A conversa e o canto dos pássaros persistiam. Duas meninas, as gêmeas Farivals, tocavam um dueto de "Zampa" ao piano. Madame Lebrun entrava e saía, dando ordens em voz alta ao garoto responsável pelas tarefas externas sempre que ele entrava em casa, e orientando com o mesmo tom uma copeira sempre que ela saía da casa. Ela era uma mulher jovem, bonita, sempre vestida de branco, com mangas médias. As saias engomadas pregueavam quando ela ia e vinha. Mais à frente, diante de um dos chalés, uma mulher vestida de preto andava de um lado para o outro, rezando seu terço discretamente. Várias pessoas da pensão tinham ido a Cheniere Caminada no barco de Beaudelet para assistir à missa. Algumas crianças estavam por ali, jogando cróquete embaixo dos carvalhos, inclusive os dois filhos do senhor Pontellier, rapazinhos fortes de quatro e cinco anos. Uma babá os acompanhava com ar distante, reflexivo.

O senhor Pontellier finalmente acendeu um charuto e começou a fumar, deixando o jornal escorregar lentamente da mão. Olhava fixamente para a sombrinha branca avançando a passos lentos pela praia. Conseguia vê-la claramente entre os troncos esqueléticos do carvalho e além do trecho amarelo de camomila. O golfo parecia distante, fundindo-se preguiçoso com o azul do horizonte. A sombrinha continuava aproximando-se devagar. Embaixo desse abrigo de forro cor-de-rosa estava sua esposa, a senhora Pontellier, e o jovem Robert Lebrun. Quando chegaram ao chalé, os dois se sentaram com aparência cansada no degrau mais alto da escada da varanda, frente a frente, cada um encostado a um pilar de apoio.

– Que bobagem! Banhar-se a essa hora, e nesse calor! – exclamou o senhor Pontellier.

Ele mesmo tinha ido dar um mergulho ao raiar do dia. Por isso a manhã parecia longa para ele.

– Você se queimou a ponto de estar irreconhecível – ele acrescentou, olhando para a esposa como alguém olha para um bem pessoal que sofreu algum dano.

Ela levantou as mãos fortes, bonitas, e as examinou com um olhar crítico, levantando as mangas de sino acima dos pulsos. Olhar para elas a fez lembrar-se dos anéis, que tinha deixado com o marido antes de ir à praia. Em silêncio, estendeu a mão para ele, que entendeu o gesto, tirou os anéis do bolso e os depositou na mão aberta da esposa. Ela os pôs nos dedos, depois abraçou os joelhos, olhou para Robert e começou a rir. Os anéis cintilavam em seus dedos. Ele respondeu com um sorriso.

– O que é isso? – perguntou Pontellier, olhando sem pressa e com ar divertido de um para o outro.

Era alguma bobagem; alguma aventura na água, e os dois tentaram contá-la ao mesmo tempo. Traduzida em palavras, não parecia nem metade do que tinha sido divertida. Eles perceberam, e o senhor Pontellier, também. Ele bocejou e se espreguiçou. Depois levantou, dizendo que estava pensando em ir ao Hotel Klein para jogar uma partida de bilhar.

– Venha comigo, Lebrun – convidou.

Mas Robert admitiu com toda a franqueza que preferia ficar onde estava e conversar com a senhora Pontellier.

– Bem, mande-o cuidar da própria vida quando se cansar dele, Edna – o marido a instruiu, quando se preparava para sair.

– Pegue aqui, leve o guarda-chuva – ela disse, oferecendo a sombrinha. Ele a aceitou e, segurando-a sobre a cabeça, desceu a escada e partiu.

– Volta para o jantar? – a esposa perguntou.

Ele parou, deu de ombros. Apalpou o bolso do colete; havia ali uma nota de dez dólares. Ele não sabia; talvez voltasse para a refeição, talvez não. Tudo dependia da companhia que iria encontrar no Klein e do tamanho "do jogo". Ele não disse isso, mas ela entendeu e riu, despedindo-se dele com um aceno de cabeça.

Os dois meninos quiseram seguir o pai quando o viram saindo. Ele os beijou e prometeu trazer bombons e amendoins.

2

Os olhos da senhora Pontellier eram rápidos e brilhantes, de um castanho amarelado que era quase a cor de seus cabelos. Ela costumava voltá-los para um objeto e mantê-los ali, como se estivesse perdida em um labirinto interno de contemplação ou pensamento.

As sobrancelhas eram um tom mais escuro do que os cabelos. Eram grossas e quase horizontais, enfatizando a profundidade dos olhos. Sua beleza era mais imponente do que feminina. O rosto era cativante, talvez por deixar transparecer certa franqueza na expressão e uma contraditória sutileza dos traços. Sua atitude era envolvente.

Robert enrolou um cigarro. Ele fumava cigarros porque não tinha dinheiro para charutos, dizia. Tinha um charuto no bolso que havia sido presente do senhor Pontellier, e o estava guardando para fumar depois do jantar.

Isso parecia bastante natural da parte dele. Não era muito diferente de sua acompanhante em compleição. O rosto bem barbeado tornava a semelhança mais pronunciada do que teria sido de outra forma. Não havia sombra de preocupação em sua atitude. Os olhos capturavam e refletiam a luz e o langor do dia de verão.

A senhora Pontellier estendeu a mão para um leque de folha de palmeira que estava na varanda e começou a se abanar, enquanto Robert soprava nuvens leves da fumaça do cigarro. Eles conversavam sem parar sobre as coisas do entorno, sobre a divertida aventura na água – que novamente havia recuperado o aspecto divertido –, sobre o vento, as árvores, as pessoas que tinham ido a Cheniere, sobre as crianças jogando cróquete embaixo dos carvalhos e as gêmeas Farivals, que agora tocavam a abertura de *O poeta e o camponês*.

Robert falava muito sobre si mesmo. Era muito jovem e não sabia como agir de outra forma. A senhora Pontellier falava um pouco sobre ela mesma pela mesma razão. Cada um se interessava pelo que o outro dizia. Robert falava de sua intenção de ir ao México no outono, atrás da fortuna que o esperava. Ele estava sempre pretendendo ir ao México, mas, de algum jeito, nunca ia. Enquanto não ia, mantinha o emprego modesto na casa mercantil em Nova Orleans, onde um conhecimento igual de inglês, francês e espanhol o tornava um valioso atendente e correspondente.

Ele passava as férias de verão com a mãe em Grand Isle, como sempre fazia. Antigamente, antes de Robert conseguir lembrar, "a casa" era um luxo de verão dos Lebruns. Agora, ladeada por uma dúzia de chalés, ou mais, sempre cheios de visitantes exclusivos do "Quartier Français", ela permitia que madame Lebrun mantivesse a existência fácil e confortável que parecia ser seu direito de nascença.

A senhora Pontellier falava sobre a fazenda do pai no Mississippi e o lar de sua infância no velho território rural do Kentucky. Ela era uma mulher americana, com uma leve nota francesa que parecia ter-se perdido diluída na mistura. Leu uma carta da irmã, que estava no leste e noiva, de casamento marcado. Robert ficou interessado e quis saber como eram as irmãs na infância, como era o pai e quanto tempo fazia que a mãe tinha morrido.

Quando a senhora Pontellier dobrou a carta, era hora de se vestir para o jantar, que seria servido cedo.

– Vejo que Leonce não vai voltar – ela disse, olhando na direção em que o marido saíra.

Robert supunha que não, já que havia muitos sócios de clubes de cavalheiros de Nova Orleans no Klein.

Quando a senhora Pontellier o deixou para ir ao quarto, o jovem desceu a escada e se dirigiu à área em que os meninos jogavam cróquete. Ali, durante a meia hora que antecedeu o jantar, divertiu-se com os filhos dos Pontelliers, que gostavam muito dele.

3

Eram onze horas daquela noite, quando o senhor Pontellier voltou do Hotel Klein. Estava de excelente humor, animado e muito falante. Ao entrar, acordou a esposa, que já dormia profundamente. Ele falou com ela enquanto se despia, contando casos e dividindo informações e fofocas das quais tomara conhecimento durante o dia. Tirou do bolso um punhado de dinheiro amassado e uma boa quantia em moedas de prata e deixou-as de qualquer jeito sobre a cômoda, junto com chaves, canivete, lenço e o que mais tinha nos bolsos.

A mulher, bastante sonolenta, respondia com meias palavras.

Ele achava muito desanimador que a esposa, único motivo de sua existência, demonstrasse tão pouco interesse pelas coisas que diziam respeito a ele e desse tão pouca importância à conversação.

O senhor Pontellier se esquecera de trazer os bombons e os amendoins para os meninos. Apesar disso, amava-os muito e foi ao quarto vizinho, onde eles dormiam, para espiá-los e verificar se estavam confortáveis. O resultado da investigação não foi nada satisfatório. Ele virou e ajeitou os meninos na cama. Um deles começou a chutar o ar e falar sobre um cesto cheio de caranguejos.

O senhor Pontellier voltou para avisar a esposa de que Raoul tinha uma febre alta e precisava de cuidados. Depois acendeu um charuto e foi sentar perto da porta aberta, para fumá-lo.

A senhora Pontellier estava certa de que Raoul não tinha febre. Ele havia ido para a cama em perfeitas condições, disse, e nada o incomodara durante o dia todo. O senhor Pontellier conhecia bem demais os sintomas de febre para ter-se enganado. Afirmou que, naquele momento, a criança queimava no quarto ao lado.

Ele reprovou a esposa pela falta de atenção, pela habitual negligência com as crianças. Se não era papel de uma mãe cuidar dos filhos, de quem era? Ele estava sempre ocupado com os negócios de corretagem. Não podia estar em dois lugares ao mesmo tempo; ganhar a vida para a família na rua e ficar em casa para ter certeza de que nenhum mal recairia sobre eles. Ele falava de um jeito monótono, insistente.

A senhora Pontellier pulou da cama e foi ao quarto vizinho. Logo voltou e sentou na beirada da cama, apoiando a cabeça no travesseiro. Não disse nada, recusando-se a responder às perguntas do marido. Quando terminou de fumar seu charuto, ele foi para a cama e, meio minuto depois, adormeceu profundamente.

A essa altura, a senhora Pontellier estava completamente acordada. Começou a chorar baixinho, enxugando os olhos na manga do penhoar. Depois de soprar a vela que o marido deixara acesa, calçou os chinelos de cetim e foi para a varanda, onde se sentou em sua cadeira de balanço e começou a movê-la devagar.

Passava da meia-noite. Os chalés estavam todos escuros. Uma luz fraca brilhava no hall da casa. Não havia nenhum ruído, exceto o pio de uma coruja no alto de um carvalho e a voz constante do mar, que não era muito animada àquela hora. Soava como uma chorosa canção de ninar na noite.

As lágrimas rolavam tão abundantes dos olhos da senhora Pontellier que a manga úmida do penhoar já não as enxugava. Ela segurava o encosto da cadeira com uma das mãos; a manga larga escorregou até quase o ombro do braço erguido. Virando, escondeu o rosto quente e molhado na dobra do braço e chorou, sem se importar mais com a tentativa de enxugar o rosto, os olhos, o braço. Não conseguia dizer por que estava chorando. Experiências como essa não eram incomuns em sua vida de casada. Elas pareciam nunca ter pesado contra a enorme bondade do marido e uma devoção uniforme que se tornou tácita e autocompreendida.

Uma opressão indescritível, que parecia se originar de uma parte desconhecida de sua consciência, encheu todo o seu ser com uma vaga angústia. Era como uma sombra, como uma névoa passando sobre o dia de verão de sua alma. Era estranho e desconhecido; era uma disposição. Não ficou ali sentada repreendendo o marido consigo mesma, lamentando o destino que havia dirigido seus passos para o caminho que tinham tomado. Estava apenas chorando sozinha. Os mosquitos faziam a festa, mordendo seus braços firmes e redondos e se banqueteando na curva interna dos pés descalços.

Os diabinhos ardidos e barulhentos conseguiram dispersar a decisão de ficar ali na escuridão por mais metade da noite.

Na manhã seguinte, o senhor Pontellier se levantou na hora de sempre para pegar a jardineira que o levaria até o vapor atracado no cais. Voltaria à cidade para cuidar de seus negócios, e a família não o veria novamente na ilha até o sábado seguinte. Ele havia recuperado a compostura, que parecia um pouco prejudicada na noite anterior. Estava ansioso para partir, antecipando uma semana movimentada na rua Carondelet.

O senhor Pontellier deu à esposa metade do dinheiro que trouxera do Hotel Klein na noite anterior. Ela gostava de dinheiro tanto quanto a maioria das mulheres e aceitou a quantia com grande satisfação.

– Vai servir para comprar um bonito presente de casamento para a irmã Janet – exclamou, alisando as notas que ia contando uma a uma.

– Ah, daremos mais que isso à irmã Janet, minha querida – ele riu, enquanto se preparava para despedir-se dela com um beijo.

Os meninos corriam por ali, agarravam-se às pernas dele implorando que trouxesse várias coisas. O senhor Pontellier era muito afável, e mulheres, homens, crianças e até babás estavam sempre disponíveis para se despedir dele. A esposa sorria e acenava, os meninos gritavam, enquanto ele se afastava na jardineira pela estrada de areia.

Alguns dias mais tarde, chegou uma caixa de Nova Orleans para a senhora Pontellier. O remetente era o marido. Estava cheia de iguarias, coisas exclusivas e deliciosas – as melhores frutas, deliciosos patês, uma ou duas garrafas raras, caldas soberbas e bombons em abundância.

A senhora Pontellier era sempre muito generosa com o conteúdo de uma caixa como a que acabara de receber. Os patês e as frutas foram levados à sala de jantar; os bombons foram distribuídos. E todas as damas, selecionando-os com dedos delicados e discriminatórios, e também um pouco ávidos, declararam que o senhor Pontellier era o melhor marido do mundo. A senhora Pontellier foi forçada a reconhecer que não conhecia nenhum melhor.

4

Teria sido difícil para o senhor Pontellier definir satisfatoriamente para si mesmo ou para qualquer outra pessoa em que a esposa falhava com os filhos. Era algo que ele mais sentia do que percebia, e nunca tocava nesse assunto sem posterior arrependimento e expiação.

Se um dos pequenos Pontelliers caía quando estava brincando, não podia correr chorando para os braços da mãe em busca de conforto; provavelmente, levantaria sozinho, limparia a lágrima dos olhos e a areia da boca e continuaria brincando. Mesmo ainda tão pequenos, impunham-se nas brigas infantis com punhos fechados e vozes erguidas, o que normalmente prevalecia sobre os outros, protegidos pelas mães. A enfermeira mestiça era vista como um enorme aborrecimento, boa apenas para abotoar roupas e pentear e repartir cabelos, já que, aparentemente, havia na sociedade uma lei que obrigava a pentear e repartir cabelos.

Resumindo, a senhora Pontellier não era uma mulher maternal. As mulheres maternais pareciam prevalecer naquele verão em Grand Isle. Era fácil reconhecê-las, movendo-se por lá com as asas abertas, protetoras, quando qualquer mal real ou imaginário ameaçava o sangue de seu sangue. Eram mulheres que idolatravam seus filhos, os maridos, e consideravam um grande privilégio se anularem como indivíduos e desenvolver asas como anjos cuidadores.

Muitas eram encantadoras no papel; uma delas era a personificação de toda a graça e todo o charme femininos. Se o marido não a adorava, era um bruto, merecia a morte por tortura lenta. Seu nome era Adele Ratignolle. Não havia palavras para descrevê-la, exceto as antigas, tantas vezes usadas para retratar heroínas de romances de tempos passados e as belas damas de nossos sonhos. Não havia nada de sutil ou oculto em seus encantos; sua beleza estava toda ali, flamejante e aparente: o cabelo dourado que pente e grampo não podiam conter; os olhos azuis que eram como safiras; lábios que faziam um biquinho e eram tão vermelhos que só se pensava em cerejas ou em alguma outra deliciosa fruta carmim ao olhar para eles. Ela estava ficando um pouco encorpada, mas isso em nada diminuía a elegância de cada passo, pose ou gesto. Não se haveria de desejar o pescoço branco menos cheio, ou os braços lindos mais esbeltos. Nunca houve mãos mais delicadas que as dela, e era uma alegria olhar para elas quando manejavam a agulha ou ajustavam o dedal dourado no dedo do meio, enquanto ela fazia pequenos macacões ou costurava um corpete ou babador.

Madame Ratignolle gostava muito da senhora Pontellier, e muitas vezes pegava sua costura e ia passar as tardes com ela. Era lá que ela estava na tarde seguinte à chegada da caixa de Nova Orleans. Sentada na cadeira de balanço, costurava um pequeno macacão.

Tinha levado os moldes dos macacões para a senhora Pontellier usar – uma beleza de construção, projetado de forma a envolver o corpo do bebê de tal forma que só os olhinhos ficavam para fora do traje, como um esquimó. Eram criados para serem usados no inverno, quando ventos traiçoeiros desciam pelas chaminés e correntes insidiosas de frio fatal conseguiam passar pelas fechaduras.

A mente da senhora Pontellier estava tranquila em relação às demandas materiais dos filhos e não conseguia ver necessidade de fazer das roupas noturnas de inverno o assunto de suas reflexões de verão. Mas ela não queria parecer antipática e desinteressada, por isso providenciou jornais, que espalhou no chão da varanda, e, seguindo as orientações de madame Ratignolle, cortou um modelo do traje impenetrável.

Robert estava lá, sentado como no domingo anterior, e a senhora Pontellier também ocupava seu lugar no último degrau, apoiada com uma pose indiferente no pilar. Ao lado dela havia uma caixa de bombons, que de tempos em tempos oferecia para madame Ratignolle.

A mulher parecia incapaz de escolher, mas acabou pegando uma barra de *nougat*, pensando se não seria exagero, se poderia prejudicá-la. Madame Ratignolle estava casada havia sete anos. A cada dois anos, aproximadamente, teve um bebê. No momento, era mãe de três filhos e começava a pensar no quarto. Ela estava sempre falando sobre sua "condição". A "condição" não era aparente, de jeito nenhum, e ninguém saberia sobre ela, não fosse sua persistência em fazer disso um tema de conversação.

Robert começou a tranquilizá-la, afirmando que conhecia uma mulher que havia sobrevivido de *nougat* durante todo... Mas, ao ver a cor se espalhando pelo rosto da senhora Pontellier, interrompeu-se e mudou de assunto.

A senhora Pontellier, apesar de ter-se casado com um crioulo, nunca se sentiu inteiramente à vontade na sociedade crioula; nunca antes tinha convivido com eles de maneira tão próxima. Naquele verão, só havia crioulos na propriedade dos Lebruns. Todos se conheciam, sentiam-se uma grande família, na qual havia as mais amigáveis relações. Uma característica que os distinguia e que impressionava a senhora Pontellier muito profundamente era a ausência de pudor. A liberdade de expressão desse povo era, de início, incompreensível para ela, embora não tivesse dificuldade para associá-la a uma castidade altiva que, na mulher crioula, parecia ser inata e inconfundível.

Edna Pontellier nunca se esqueceria do choque com que ouviu madame Ratignolle relatar ao senhor Farival a história angustiante de um seus partos, sem sonegar nenhum detalhe íntimo. Estava se acostumando aos pequenos choques, mas não conseguia evitar os rubores que tingiam seu rosto. Mais de uma vez, essa mudança de cor interrompeu histórias engraçadas com que Robert divertia um grupo de mulheres casadas.

Um livro havia passado de mão em mão na pensão. Quando chegou sua vez, ela o leu com profunda perplexidade. Sentiu-se compelida a ler o livro em segredo e sozinha, embora nenhuma outra tenha feito isso – para escondê-lo assim que ouvisse passos se aproximando. Ele era abertamente criticado e discutido com liberdade à mesa. A senhora Pontellier desistiu de se espantar e concluiu que as surpresas nunca teriam fim.

5

Eles formavam um grupo simpático ali sentados naquela tarde de verão – madame Ratignolle costurando, parando de vez em quando para contar uma história ou um incidente com muitos gestos expressivos das mãos perfeitas; Robert e a senhora Pontellier não se ocupavam de nada, às vezes trocavam uma ou outra palavra, olhares ou sorrisos que indicavam um certo estágio avançado de intimidade e companheirismo.

Ele havia vivido à sombra dela no último mês. Ninguém dava importância a isso. Muitos previram que Robert se dedicaria inteiramente à senhora Pontellier quando chegasse. Desde os quinze anos de idade, há onze, portanto, Robert se transformava, em cada verão em Grand Isle, no dedicado acompanhante de alguma bela dama ou donzela. Às vezes era uma jovem, às vezes, uma viúva; mas o mais comum era que fosse uma interessante mulher casada.

Por duas temporadas consecutivas, ele viveu à luz do sol da presença de *mademoiselle* Duvigne. Mas ela morreu entre um verão e outro; então, Robert se mostrou inconsolável, prostrando-se aos pés de madame Ratignolle por migalhas de simpatia e conforto que ela pudesse fazer o favor de oferecer.

A senhora Pontellier gostava de se sentar e olhar para seu belo acompanhante como poderia olhar para uma *Madonna* sem defeitos.

– Alguém é capaz de imaginar a crueldade por trás daquele exterior lindo? – murmurou Robert. – Ela sabia que eu a adorava desde o primeiro momento, e me deixou adorá-la. Era "Robert, venha; vá; em pé; sentado; faça isso; faça aquilo; veja se o bebê está dormindo; meu dedal, por favor, que deixei sabe Deus onde. Venha e leia Daudet para mim, enquanto costuro".

– Francamente! Eu nunca tive que pedir. Você sempre esteve ali embaixo dos meus pés, como um gato inconveniente.

– Como um cachorro amoroso, você quer dizer. E, assim que Ratignolle aparecia, eu realmente ERA um cachorro. "*Passez! Adieu! Allez vous-en!*"

– Talvez eu tivesse receio de despertar o ciúme de Alphonse – ela retrucou, com excessiva ingenuidade.

Isso fez todos rirem. A mão direita com ciúme da esquerda! O coração com ciúme da alma! Mas, em relação a isso, o marido crioulo nunca é ciumento; com ele, a paixão gangrenosa é aquela que atrofiou pelo desuso.

Enquanto isso, Robert, dirigindo-se à senhora Pontellier, continua contando sobre sua antiga paixão por madame Ratignolle, falando de noites insones, de chamas que o consumiam até o mar ferver, quando ele dava seu mergulho diário. De sua parte, a dama com a agulha fazia um ou outro comentário passageiro e desdenhoso:

– *Blagueur... farceur... gros bete, va!*[2]

Ele nunca assumia esse tom sério-cômico quando estava sozinho com a senhora Pontellier. Ela nunca soube exatamente o que deduzir disso; naquele momento, era impossível, para ela, saber quanto era brincadeira e que proporção era sinceridade. Havia ficado entendido que ele falava frequentemente palavras de amor para madame Ratignolle, sem nunca pensar em ser levado a sério. A senhora Pontellier se alegrava por ele nunca ter adotado atitude semelhante com ela. Isso teria sido inaceitável e irritante.

A senhora Pontellier tinha levado seu material de desenho, a que se dedicava ocasionalmente de um jeito nada profissional. Gostava da brincadeira. Sentia nela uma satisfação que não encontrava em nenhuma outra ocupação.

Havia muito tempo ela sentia vontade de tentar desenhar madame Ratignolle. Em nenhum outro momento essa mulher havia parecido um modelo mais tentador que agora, sentada ali como uma *Madonna* sensual, com o brilho do dia que se despedia enriquecendo sua esplêndida coloração.

Robert atravessou a varanda e sentou-se no degrau de baixo daquele ocupado pela senhora Pontellier, de forma que pudesse observar seu trabalho. Ela manuseava os pincéis sentindo-se à vontade, com uma liberdade proveniente não de uma antiga relação com eles, mas de uma aptidão natural. Robert acompanhava seu trabalho com atenção, usando expressões em francês para elogiá-lo, comentários que ele dirigia a madame Ratignolle.

– *Mais ce n'est pas mal! Elle s'y connait, elle a de la force, oui!*[3]

Durante a observação distraída, uma vez ele repousou a cabeça no braço da senhora Pontellier. Ela o repeliu com gentileza. Ele repetiu a ofensa.

---

[2] Palhaço... brincalhão, grande besta, vá! (N.T.)
[3] Mas não é ruim! Ela sabe disso, ela tem força, sim! (N.T.)

Ela não conseguia acreditar na falta de consideração por parte dele; mas isso não era motivo para resignar-se. Não reagiu, exceto para afastá-lo mais uma vez discretamente, mas com firmeza. Ele não se desculpou. A imagem pronta não tinha nenhuma semelhança com madame Ratignolle. Ela ficou muito desapontada ao ver que o desenho não parecia com ela. Mas era uma obra muito boa, e satisfatória em muitos aspectos.

Evidentemente, a senhora Pontellier tinha outra opinião. Depois de analisar o desenho com ar crítico, ela passou o pincel carregado de tinta sobre o rosto pintado e amassou o papel entre as mãos.

Os pequenos subiram a escada aos tropeços, seguidos pela mestiça a uma distância respeitosa, coisa que os meninos haviam solicitado. A senhora Pontellier os fez levar suas pinturas e traquitanas para dentro da casa. Tentou detê-los para falar de alguma coisa sem importância. Mas eles estavam com pressa. Só vieram investigar o conteúdo da caixa de bombons. Aceitaram sem reclamar o que a mãe escolheu para eles, ambos estendendo as mãozinhas gorduchas como conchas, na vã esperança de saírem com elas cheias. Depois, lá foram eles.

O sol estava baixo no oeste, e a brisa mansa e preguiçosa soprava do sul, carregando o sedutor aroma do mar. Crianças arrumadas há pouco se reuniam para brincar sob os carvalhos. A voz delas era aguda, penetrante.

Madame Ratignolle dobrou sua costura, guardou dedal, tesoura e linha dentro do rolo e o prendeu com alfinetes. Queixou-se de tontura. A senhora Pontellier correu para ir buscar água de colônia e um leque. Banhou o rosto de madame Ratignolle com colônia, enquanto Robert a abanava com o leque com um vigor desnecessário.

Logo a tontura passou, e a senhora Pontellier não pôde deixar de pensar se não havia alguma imaginação em sua origem, porque o tom corado não desapareceu do rosto da amiga em nenhum momento.

Ela ficou olhando a bela mulher se afastar pela longa fileira de varandas com toda a graça e majestade que se esperam de rainhas. Os filhos correram ao encontro dela. Dois deles se agarraram à saia branca, o terceiro ela pegou do colo da babá e acomodou com mil adjetivos carinhosos em seus braços, embora, como todos sabiam, o médico a houvesse proibido de levantar até um alfinete!

– Vai tomar banho? – Robert perguntou à senhora Pontellier. Era mais um lembrete que uma pergunta.

– Ah, não – ela respondeu com tom indeciso. – Estou cansada; acho que não. – Seu olhar se desviou do rosto dele para o golfo, cujo murmúrio sonoro a alcançava como um chamado amoroso, mas imperativo.

– Ah, vamos! – ele insistiu. – Não deve perder seu banho. Vamos. A água deve estar deliciosa. Não vai fazer mal. Vamos.

Ele estendeu a mão para o grande chapéu de palha pendurado em um gancho ao lado da porta e o colocou na cabeça dela. Eles desceram a escada e caminharam para a praia. O sol estava baixo no oeste, e a brisa era mansa, morna.

6

Edna Pontellier não poderia explicar por que, se desejava ir à praia com Robert, havia recusado o convite de início e depois seguido obedientemente um dos dois impulsos contraditórios que a impeliam.

Uma certa luz começava a se apagar dentro dela – a luz que, mostrando o caminho, o proibia.

No começo, servia apenas para confundi-la. Ela a levava a sonhar, a refletir, a uma angústia sombria que a tomava no meio da noite, quando se entregava às lágrimas.

Resumindo, a senhora Pontellier começava a se dar conta de sua posição no universo como um ser humano e a reconhecer suas relações individuais com o mundo dentro dela e à sua volta. Isso podia ser um avassalador peso de sabedoria esmagando a alma de uma jovem de vinte e oito anos – talvez mais sabedoria que o Espírito Santo normalmente se contenta em permitir a qualquer mulher.

Mas o começo das coisas, de um mundo, especialmente, é necessariamente vago, confuso, caótico e excessivamente perturbador. Como cada um de nós consegue emergir desse início! Como tantas almas perecem em seu tumulto!

A voz do mar é sedutora; nunca cessa, sussurrando, chamando, murmurando, convidando a alma a vagar por um tempo em abismos de solidão; perder-se em labirintos de contemplação interior.

A voz do mar fala à alma. O toque do mar é sensual, envolve o corpo em seu abraço macio, próximo.

7

A senhora Pontellier não era uma mulher dada a confidências, uma característica até então contrária à sua natureza. Mesmo na infância, vivia sua vidinha inteiramente dentro dela. Desde muito cedo, apreendera de maneira instintiva a vida dupla – aquela existência exterior que se adapta, a vida interior que questiona.

Naquele verão em Grand Isle, ela começou a perder parte do manto de reserva que sempre a cobrira. Talvez tenham sido – devem ter sido – influências, tanto sutis quanto aparentes, trabalhando as suas inúmeras maneiras para induzi-la a isso; mas a mais óbvia era a influência de Adele Ratignolle. O excessivo encanto físico da crioula a atraíra no início, porque Edna tinha uma suscetibilidade sensual à beleza. Depois o candor de toda existência da mulher, que todos podiam ver, e que oferecia um contraste tão gritante com sua habitual reserva – isso pode ter criado uma ligação. Quem pode dizer que metais os deuses usam para forjar o elo sutil que chamamos de simpatia, que podemos até chamar de amor?

As duas mulheres saíram certa manhã para tomar banho de mar juntas, de braços dados, sob a enorme sombrinha branca. Edna havia convencido madame Ratignolle a deixar as crianças, embora não tivesse sido capaz de persuadi-la a deixar um pequeno rolo de trabalho de costura, que Adele implorou para levar no fundo do bolso. De algum jeito, tinham escapado de Robert.

A caminhada até a praia não era das mais fáceis, consistindo de um longo caminho de areia que, vez ou outra, era invadido pela vegetação rasteira que se acumulava nas laterais. Havia acres de camomila amarela dos dois lados da trilha. Ainda mais longe, eram muitas as hortas, com pequenos e frequentes pomares de laranja e limão entre elas. As áreas verdes brilhavam de longe ao sol.

As mulheres eram de boa estatura, e madame Ratignolle tinha a silhueta mais feminina e matronal. O charme do físico de Edna Pontellier se impunha ao observador sem que ele percebesse. As linhas de seu corpo eram longas, limpas e simétricas; era um corpo que, ocasionalmente, adotava poses esplêndidas; não havia nele nenhuma sugestão do tipo magro e estereotipado ditado pela moda. Um observador casual e sem discernimento, de passagem, poderia não olhar duas vezes para aquela silhueta. Mas, com mais sentimento e mais discernimento, ele teria reconhecido a nobre beleza de seu modelo e a severidade graciosa de pose e movimento, coisas que diferenciavam Edna Pontellier da maioria.

Naquela manhã, ela usava musselina fresca, branca, com uma linha vertical sinuosa marrom correndo por ela, e também uma gola de linho branco e o grande chapéu de palha que havia tirado do gancho ao lado da porta. O chapéu repousava de qualquer jeito sobre o cabelo castanho amarelado, que era meio ondulado e pesado.

Madame Ratignolle, mais cuidadosa com sua compleição, tinha envolvido a cabeça com um véu de gaze. Ela usava luvas de pele de carneiro, com barras para proteger os punhos. Vestia-se de branco, com babados fofos que combinavam com ela. As camadas drapeadas e esvoaçantes que ela usava destacavam a beleza rica, luxuriante, como uma severidade maior de linhas não teria conseguido fazer.

Havia algumas casas de banho ao longo da praia, construções rústicas, mas sólidas, com pequenas sacadas de proteção voltadas para a água. Cada casa era composta por dois compartimentos, e cada família da casa Lebrun tinha um compartimento, equipado com toda a parafernália essencial para o banho e todas as outras conveniências que o proprietário pudesse desejar. As duas mulheres não tinham intenção de se banhar; foram à praia apenas pela caminhada e para estarem sozinhas e perto da água. Os compartimentos dos Pontelliers e dos Ratignolles eram vizinhos e dividiam o mesmo teto.

A senhora Pontellier trouxe a chave por força do hábito. Ela abriu a porta de sua sala de banho, pegou um tapete e o estendeu na sacada, depois pegou duas almofadas e as apoiou contra a frente do edifício.

As duas sentaram ali à sombra da sacada, lado a lado, com as costas apoiadas nas almofadas e os pés estendidos. Madame Ratignolle tirou o véu, enxugou o rosto com seu lenço delicado e abanou-se com o leque que sempre levava pendurado em alguma parte do corpo por uma fita longa e estreita. Edna removeu o colarinho e abriu a gola do vestido. Pegou o leque de madame Ratignolle e começou a abanar as duas. Fazia muito calor, e por um tempo elas não fizeram mais que trocar comentários sobre o clima, o sol, a luz intensa. Mas havia uma brisa, um vento que fazia espumar a superfície do mar. Ele sacudia as saias das duas mulheres e, por um tempo, as manteve ocupadas com ajustar, reajustar, prender, verificar grampos de cabelo e prendedores de chapéu. Algumas pessoas se divertiam na água, a alguma distância. A praia quase não tinha barulho de humanos àquela hora. A senhora de preto lia suas devoções lamentosas na frente da casa de banho vizinha. Dois jovens amantes trocavam os anseios de seus corações sob uma tenda infantil, que tinham encontrado desocupada.

Edna Pontellier olhou em volta até que o olhar se deteve no mar. O dia era claro e levava o olhar até onde o céu azul se estendia; havia algumas nuvens brancas suspensas sobre o horizonte, paradas. Uma vela se movia em direção a Cat Island, e outras ao sul pareciam quase imóveis ao longe.

– Em quem... em que está pensando? – Adele perguntou à companheira, cuja atitude observava com atenção um pouco divertida, cativada pela expressão absorta que parecia ter-se apoderado dela e imobilizado cada traço em repouso escultural.

– Em nada – respondeu a senhora Pontellier, sobressaltada, acrescentando imediatamente: – Que bobagem! Mas acho que é a resposta que damos instantaneamente para esse tipo de pergunta. Vejamos... – ela continuou, inclinando a cabeça para trás e fechando um pouco os olhos. – Vejamos. Eu não tinha consciência de estar pensando em alguma coisa, mas talvez possa recuperar meus pensamentos.

– Ah! Não se incomode! – riu madame Ratignolle. – Não sou tão detalhista. Vou deixar passar, desta vez. Está quente demais para pensar, em especial para pensar em pensar.

– Mas só pela diversão – Edna persistiu. – Em primeiro lugar, ver a água se estendendo até tão longe, aquelas velas imóveis contra o céu azul, isso oferecia uma imagem deliciosa para a qual eu só queria olhar. O vento quente batendo em meu rosto me fez pensar, sem nenhuma conexão que eu consiga estabelecer, em um dia de verão em Kentucky, em um prado que parecia tão vasto quanto o oceano para uma garotinha que andava pela relva tão alta que alcançava sua cintura. Ela estendia os braços como se nadasse enquanto andava, batendo na grama da mesma maneira que um nadador bate na água. Ah, agora vejo a conexão!

– Para onde ia nesse dia em Kentucky, quando andava pela relva?

– Não lembro. Estava só atravessando um grande campo na diagonal. Meu chapéu de sol obstruía a visão. Eu só conseguia ver a faixa verde na minha frente e tinha a sensação de que teria de andar para sempre, sem nunca encontrar o fim daquilo. Não lembro se estava com medo ou se gostava. Acho que me divertia. Talvez fosse um domingo – riu –, e eu estava fugindo das preces, do culto presbiteriano, que meu pai lia com uma nota tão sombria que sinto arrepios até hoje, quando penso naquilo.

– E tem fugido das preces desde então, *ma chere*? – perguntou madame Ratignolle com tom bem-humorado.

– Não! Ah, não! – Edna apressou-se em dizer. – Naqueles dias eu era uma criança sem juízo, só seguia um impulso ilusório sem pensar. Pelo contrário, houve um período em minha vida em que a religião me dominou com muita firmeza, depois que completei doze anos e até... bem, acho que até agora, embora nunca tenha pensado muito nisso, me deixando levar pelo hábito. Mas, sabe – ela parou, olhou para madame Ratignolle e inclinou o corpo para a frente, aproximando o rosto do dela –, às vezes sinto este verão como se estivesse andando novamente por aquele prado verde, preguiçoso, sem rumo, inconsequente e sem orientação.

Madame Ratignolle pôs a mão sobre a da senhora Pontellier, perto dela. Ao ver que ela não evitava o contato, segurou-a com mais firmeza e calor. Até a afagou um pouco, carinhosa, com a outra mão, murmurando em voz baixa:

– *Pauvre cherie.*

De início, a atitude confundiu Edna, mas ela logo se entregou ao carinho suave da crioula. Não estava acostumada com expressões francas e verbais de afeto, nela ou nos outros. Ela e a irmã mais nova, Janet, brigavam muito por força de um hábito infeliz. A irmã mais velha, Margaret, era matronal e altiva, provavelmente por ter assumido responsabilidades de mãe e dona de casa cedo demais, depois de terem perdido a mãe ainda tão novas. Margaret não era efusiva, era prática. Edna tinha uma amiga ocasional ou outra, mas, acidentalmente ou não, todas eram mais ou menos do mesmo tipo, contidas. Ela nunca havia percebido que a própria personalidade reservada tinha muito, talvez tudo a ver com isso. A amiga mais próxima na escola era alguém de excepcionais dotes intelectuais, que escrevia textos maravilhosos, e que Edna admirava e se empenhava em imitar; e com ela conversava e falava sobre os clássicos ingleses e, às vezes, travava debates religiosos e políticos.

Edna sempre questionava uma propensão que algumas vezes a havia incomodado, sem levar a nenhuma demonstração externa ou manifestação de sua parte. Desde muito nova – talvez quando atravessava o oceano de relva ondulante –, lembrava-se de ter-se encantado apaixonadamente por um oficial da cavalaria de olhar triste e postura digna, alguém que visitava o pai dela em Kentucky. Quando ele estava lá, ela não conseguia sair de perto nem desviar o olhar de seu rosto, que tinha alguma semelhança com o de Napoleão, com uma mecha de cabelos negros caindo sobre a testa. Mas o oficial da cavalaria tinha desaparecido de sua vida de maneira imperceptível.

Em outra época, seus afetos foram conquistados por um jovem cavalheiro que visitava uma dama em uma fazenda vizinha. Isso foi depois de terem ido morar no Mississippi. O rapaz era noivo da moça, ia se casar com ela, e às vezes eles iam visitar Margaret, quando passavam tardes passeando em uma carroça. Edna era uma menina, mal havia chegado à adolescência; e perceber que ela era nada, nada, nada para o jovem noivo foi uma amarga aflição. Mas também ele desapareceu de seus sonhos.

Ela era uma jovem adulta quando viveu o que supunha ser o clímax de seu destino. Foi quando o rosto e o corpo de um grande ator de tragédias começaram a assombrar sua imaginação e agitar seus sentidos. A persistência da paixão deu a ela um aspecto de autenticidade. A impossibilidade a coloria com os tons superiores de uma grande paixão.

A imagem do ator era mantida sobre sua escrivaninha, emoldurada. Qualquer um poderia manter o retrato de um ator de tragédias sem provocar suspeitas ou comentários. (Essa era uma reflexão sinistra que ela guardava com carinho.) Diante de outras pessoas, expressava admiração por seu talento, enquanto exibia a fotografia e discutia a fidelidade da semelhança. Sozinha, às vezes a pegava e beijava o vidro frio com paixão.

Seu casamento com Leonce Pontellier fora meramente acidental, parecido, nesse aspecto, com muitos outros casamentos disfarçados de decretos do destino. Ela o conheceu quando estava no meio de sua segunda grande paixão. Ele se apaixonou, como os homens costumam se apaixonar, e declarou suas intenções com uma franqueza e um ardor que não deixavam nada a desejar. Ele a agradava; sua devoção absoluta a lisonjeava. Ela acreditava na existência de uma simpatia de pensamentos e gostos entre eles, mas estava enganada. Junte a isso a violenta oposição do pai e da irmã ao casamento com um católico, e não precisamos procurar mais motivos para ela ter aceitado o senhor Pontellier como marido.

O auge da glória, que teria sido o casamento com o ator de tragédias, não era para ela. Como esposa devotada de um homem que a idolatrava, ela sentia que ocuparia seu lugar no mundo real com certa dignidade, fechando para sempre os portais para o reino do romance e dos sonhos.

Mas não demorou muito para o ator de tragédias se juntar ao oficial de cavalaria, ao jovem noivo e a alguns outros; e Edna se viu frente a frente com a realidade. Ela aprendeu a gostar do marido, percebendo com satisfação que nenhum rastro de paixão ou ardor excessivo e fictício coloria seu afeto, ameaçando, assim, sua dissolução.

Gostava dos filhos de um jeito irregular, impulsivo. Às vezes os tomava nos braços com paixão; às vezes os esquecia. No ano anterior, eles passaram o verão com a avó Pontellier em Iberville. Sentindo-se segura em relação à felicidade e ao bem-estar das crianças, não sentiu falta delas, com exceção de uma saudade intensa e ocasional. A ausência dos meninos foi uma espécie de alívio, embora ela não admitisse nem para si mesma. Era como se a houvesse libertado da responsabilidade que tinha assumido cegamente e para a qual o destino não a havia equipado.

Edna não revelou nada disso a madame Ratignolle naquele dia de verão, quando ficaram sentadas olhando o mar. Mas boa parte disso tudo transbordou. Mantinha a cabeça apoiada no ombro de madame Ratignolle. Estava agitada, sentindo-se inebriada com o som da própria voz e o sabor pouco costumeiro de candura. Era como vinho, ou como um primeiro sopro de liberdade.

Ouviram o som de vozes se aproximando. Era Robert, cercado por uma tropa de crianças procurando por elas. Os dois pequenos Pontelliers o acompanhavam, e ele carregava a menininha de madame Ratignolle nos braços. Havia outras crianças no grupo e duas babás que os seguiam com ar descontente e resignado.

As mulheres levantaram imediatamente e começaram a sacudir as roupas, relaxando os músculos. A senhora Pontellier levou as almofadas e o cobertor para a casa de banho. As crianças correram para baixo do toldo e ficaram ali enfileiradas, olhando para os amantes invasores que ainda trocavam seus votos e suspiros. Os amantes levantaram com um protesto silencioso e se afastaram, caminhando devagar para outro lugar.

As crianças se apoderaram da tenda, e a senhora Pontellier foi se juntar a elas.

Madame Ratignolle pediu para Robert acompanhá-la de volta para casa; reclamou de cãibra nos membros e rigidez nas juntas. Apoiava-se pesadamente em seu braço e quase se arrastava enquanto caminhavam.

8

– Faça-me um favor, Robert – falou a bela mulher ao lado dele, quase assim que começaram a lenta caminhada de volta para casa.

Ela o encarou, apoiando-se em seu braço sob a sombra redonda da sombrinha que ele segurava.

– É claro. Quantos quiser – Robert respondeu, olhando dentro dos olhos cheios de consideração e de alguma especulação.

– Peço apenas um: deixe a senhora Pontellier em paz.

– *Tiens!* – ele exclamou com uma repentina risada juvenil. – *Voilà que madame Ratignolle est jalouse!*[4]

– Bobagem! Falo com franqueza; o que digo é sério. Deixe a senhora Pontellier em paz.

– Por quê? – Robert perguntou bastante sério diante da solicitação de sua acompanhante.

– Ela não é uma de nós; não é como nós. Pode fazer a infeliz escolha de levar você a sério.

O rosto dele corou contrariado e, tirando o chapéu de tecido mole, começou a bater impaciente com ele na perna enquanto andava.

– Por que ela não deveria me levar a sério? – perguntou, incisivo. – Sou um comediante, um palhaço? Por que não deveria? Vocês, crioulos! Não tenho paciência com vocês! Devo sempre ser visto como um quadro de um evento de entretenimento? Espero que a senhora Pontellier me leve a sério. Espero que ela tenha discernimento suficiente para ver em mim mais que o brincalhão. Se eu soubesse que havia alguma dúvida…

– Ah, chega, Robert! – ela interrompeu o discurso inflamado. – Não está pensando no que diz. Fala com o mesmo grau de reflexão de uma daquelas crianças que estão brincando na areia. Se suas atenções a qualquer mulher casada fossem dispensadas com alguma intenção de ser convincente, não seria o cavalheiro que todas nós sabemos que é. E você seria inadequado a se relacionar com esposas e filhas das pessoas que confiam em você.

---

[4] Ah, madame Ratignolle está com ciúme! (N.T.)

Madame Ratignolle dizia o que acreditava ser a lei e a palavra. O jovem deu de ombros, impaciente.

– Ah! Ora! Não é isso. – E pôs o chapéu na cabeça com força. – Deveria saber que essas coisas não são lisonjeiras para se dizer a um cavalheiro.

– E nossa relação deveria consistir somente em uma troca de elogios? Mas foi!

– Não é agradável ouvir uma mulher dizer... – ele insistiu sem modos, mas parou de repente. – Ora, se eu fosse como Arobin... Lembra-se de Alcee Arobin e daquela história da esposa do cônsul em Biloxi?

E ele contou a história de Alcee Arobin e da esposa do cônsul; e outra sobre o tenor da Ópera Francesa, que recebia cartas que nunca deveriam ter sido escritas; e ainda outras histórias, graves e animadas, até a senhora Pontellier e sua possível propensão a levar jovens rapazes a sério terem sido esquecidas, aparentemente.

Quando retornou ao chalé, madame Ratignolle entrou e foi fazer sua hora de repouso, que considerava útil. Antes de deixá-la, Robert pediu perdão pela impaciência – que chamou de grosseria – com que tinha recebido seu aviso bem-intencionado.

– Cometeu um erro, Adele – ele disse, com um sorriso leve. – Não existe possibilidade de a senhora Pontellier me levar a sério. Deveria ter-me prevenido sobre me levar a sério. Seu conselho, então, poderia ter tido algum peso e me dado motivo para refletir. *Au revoir*. Mas parece cansada – ele apontou, solícito. – Gostaria de uma xícara de *bouillon*? Quer que eu prepare um ponche? Posso preparar uma bebida quente com um pouco de Angostura.

Ela aceitou o *bouillon*. Ele se dirigiu à cozinha, que era uma construção separada dos chalés, nos fundos da casa, preparou a bebida dourado-escura e levou para ela em uma delicada xícara Sèvres, com duas bolachas crocantes e salgadas no pires.

Ela estendeu o braço branco e nu através da cortina que protegia a porta aberta e pegou a xícara. Disse que ele era um *bon garçon*, e estava falando a sério. Robert agradeceu e se virou para ir "para casa".

O DESPERTAR E CONTOS SELECIONADOS

Os amantes entravam na propriedade nesse momento. Inclinavam-se um para o outro como os carvalhos se inclinam para longe do mar. Não havia uma partícula de terra sob seus pés. Era como se pudessem virar de cabeça para baixo, tal a leveza com que pareciam pisar no éter azul[5]. A senhora de preto, que os seguia silenciosa, parecia um pouco mais pálida e abatida do que de costume. Não havia nenhum sinal da senhora Pontellier e das crianças. Robert olhou para longe, procurando vislumbrar essa aparição. Ficariam fora até a hora do jantar, sem dúvida. O jovem subiu até o quarto da mãe. O aposento ficava no último andar da casa, tinha ângulos desiguais e um teto diferente, meio inclinado. Duas janelas amplas se abriam para o golfo, e dali se podia ver até onde a vista de um homem era capaz de alcançar. Os móveis do quarto eram leves, práticos.

Madame Lebrun estava ocupada, trabalhando na máquina de costura. Uma menina negra, sentada no chão, direcionava as linhas da máquina. A mulher crioula não se expunha a riscos à sua saúde se pudesse evitá-los.

Robert entrou e sentou-se no parapeito largo de uma das janelas. Pegou um livro do bolso e começou a ler, interessado, considerando a expressão do rosto e a frequência com que virava as páginas. A máquina de costura fazia um barulho que ecoava no aposento; era antiga, do tipo barulhenta. Em meio ao ruído, Robert e a mãe trocavam palavras de uma conversa inconstante.

– Onde está a senhora Pontellier?

– Na praia com as crianças.

– Prometi emprestar o Goncourt para ela. Não se esqueça de levá-lo, quando sair. Está na prateleira, sobre a mesinha. – Tec, tec, tec, pá! Por uns cinco ou oito minutos.

– Aonde Victor vai de jardineira?

– Victor? Jardineira?

– Sim. Lá na orla. Ele parece se preparar para ir a algum lugar.

---

[5] O ar às vezes é chamado de éter, geralmente quando se fala sobre sons sendo comunicados ou transmitidos através dele. (N.T.)

– Chame-o. – Tec, tec!

Robert emitiu um assobio agudo, estridente, que poderia ser ouvido no cais.

– Ele não olha para cá.

Madame Lebrun correu para a janela. Gritou:

– Victor! – E acenou com um lenço, chamando de novo. O jovem entrou no veículo e estalou o chicote, fazendo o cavalo partir a galope.

Madame Lebrun voltou à máquina, vermelha de irritação. Victor era seu filho mais novo e irmão de Robert – um *tête montée*, com um temperamento que convidava à violência e que nenhum machado era capaz de domar.

– É só me dar a ordem e eu vou enfiar na cabeça dele toda a razão que ele puder aguentar.

– Se seu pai ainda fosse vivo!

Tec, tec, tec, tec, pá! Madame Lebrun tinha certeza de que a conduta do universo e de todas as coisas a ele pertinentes seria muito mais inteligente e de ordem mais elevada se o senhor Lebrun não tivesse sido levado para outras esferas nos primeiros anos de seu casamento com ele.

– Que notícias tem de Montel?

Montel era um cavalheiro de meia-idade cujo desejo e vaidosa ambição nos últimos vinte anos era ocupar o lugar que o senhor Lebrun tinha deixado na residência dos Lebruns ao partir.

– Tenho uma carta em algum lugar. – Ela olhou na gaveta do móvel da máquina e encontrou a carta no fundo de um cesto de material de trabalho. – Ele pede para lhe dizer que estará em Vera Cruz no começo do mês que vem e que, se ainda tiver intenção de juntar-se a ele...

– Por que não me disse antes, mãe? Você sabe que eu queria...

– Está vendo a senhora Pontellier voltando com as crianças? Ela vai se atrasar para o almoço outra vez. Ela nunca termina de se arrumar para o almoço até o último minuto. – Tec, tec! – Aonde vai?

– Onde disse que está o Goncourt?

9

Todas as lâmpadas da sala ardiam; todas as lamparinas queimavam com força máxima tanto quanto era possível, sem provocar fumaça na chaminé ou correr o risco de uma explosão. As lamparinas eram fixadas na parede em intervalos regulares, em volta da sala toda. Algumas tinham ramos cor de laranja e verdes e graciosas fitas que enfeitavam o espaço entre elas. O verde-escuro dos ramos se destacava e brilhava em contraste com as cortinas de musselina branca que emolduravam as janelas e que inflavam, flutuavam e tremulavam ao sabor caprichoso da brisa que vinha do golfo.

Era sábado à noite, algumas semanas depois da conversa que Robert e madame Ratignolle tiveram no caminho de volta da praia. Um número incomum de maridos, pais e amigos chegaram para passar o domingo; e eram devidamente entretidos por suas famílias, com a ajuda de madame Lebrun. As mesas de jantar foram removidas, empurradas para uma ponta do salão, e as cadeiras foram dispostas em fileiras e grupos. Cada pequeno grupo familiar teve seu tempo e trocou suas histórias domésticas mais cedo, no início da noite. Agora, havia uma aparente disposição para relaxar, ampliar o círculo de confidências e dar à conversa um tom mais geral.

Muitas crianças tiveram permissão para ficar ali depois da hora de dormir. Um pequeno grupo, formado por crianças deitadas de bruços no chão, olhava para as folhas de histórias em quadrinhos que o senhor Pontellier havia trazido. Os meninos Pontelliers permitiam que os outros vissem os quadrinhos e demonstravam sua autoridade.

Música, dança e um ou dois recitais eram os entretenimentos oferecidos. Mas não havia nada de sistemático no programa, nenhuma aparência de arranjo prévio ou mesmo premeditação.

No começo da noite, as gêmeas Farivals foram convidadas a tocar piano. Eram meninas de quatorze anos, sempre vestidas nas cores da Virgem, azul e branco, tendo sido dedicadas à Virgem Santa no batismo. Elas tocaram um dueto de "Zampa" e, a pedido de todos os presentes, prosseguiram com a abertura de *O poeta e o camponês*.

– *Allez vous-en! Sapristi!* – gritou o papagaio do lado de fora da porta. Ele era o único presente com honestidade suficiente para admitir que não era a primeira vez nesse verão que ouvia essas apresentações. O velho senhor Farival, avô das gêmeas, ficou indignado com a interrupção e insistiu na remoção da ave, que deveria ser consignada a uma área de escuridão. Victor Lebrun protestou; e seus decretos eram tão imutáveis quanto os do destino. Felizmente, o papagaio não voltou a interromper a diversão, depois de ter, aparentemente, lançado todo o veneno de sua natureza contra as gêmeas naquela explosão impetuosa.

Mais tarde, um jovem casal de irmãos recitou alguns poemas, que todos os presentes tinham ouvido muitas vezes nos eventos noturnos de inverno na cidade.

Uma garotinha fez uma dança no centro da sala. A mãe tocava o acompanhamento e, ao mesmo tempo, assistia à filha com admiração ávida e apreensão. A apreensão era desnecessária. A criança dominava a situação. Tinha sido adequadamente vestida para a ocasião com saia de tule preto e meias de seda preta. Pescocinho e braço estavam nus, e o cabelo, artificialmente encrespado, parecia penas negras e fofas projetando-se da cabeça. As poses eram cheias de graça, e os pés nos sapatos pretos se projetavam para a frente e para o alto com uma rapidez e uma agilidade surpreendentes.

Não havia motivos para que todos não dançassem. Madame Ratignolle não sabia dançar, por isso foi ela quem consentiu alegremente em tocar para os outros. Ela tocava muito bem, mantendo um excelente tempo de valsa e emprestando uma nota muito inspiradora às sequências. Disse que continuava tocando por causa das crianças, porque ela e o marido consideravam a música um meio de animar a casa e fazê-la atraente.

Quase todos dançavam, menos as gêmeas, que ninguém conseguia convencer a separarem-se pelo breve período em que uma ou outra estaria girando pelo salão nos braços de um homem. Elas poderiam dançar juntas, mas não pensaram nisso.

As crianças foram mandadas para a cama. Algumas foram obedientemente; outras, aos berros de protesto e arrastadas. Tinham obtido permissão para ficar até depois do sorvete, que, naturalmente, marcava o limite da indulgência humana.

O sorvete foi servido com bolo – bolo dourado e prateado arranjado em pratos em fatias alternadas; foi assado e confeitado durante a tarde por duas mulheres negras na cozinha dos fundos, sob a supervisão de Victor. Foi considerado um grande sucesso – excelente, se tivesse um pouco menos de baunilha ou um pouco mais de açúcar, se o creme fosse um pouco mais denso e se não houvesse sal em alguns pedaços. Victor se orgulhava do feito e circulava recomendando o bolo e incentivando excessivamente todos os presentes a comê-lo.

Depois de dançar duas vezes com o marido, uma com Robert e uma com o senhor Ratignolle, que era alto e magro e balançava como um junco ao vento quando dançava, a senhora Pontellier foi para a sacada e sentou-se no parapeito baixo, de onde podia ver tudo que acontecia no salão e olhar para o golfo. Havia um suave resplendor a leste. A lua se erguia, e sua luminosidade mística projetava um milhão de luzes sobre a água distante, inquieta.

– Gostaria de ouvir *mademoiselle* Reisz tocar? – perguntou Robert, aparecendo na sacada onde ela estava.

É claro que Edna gostaria de ouvir *mademoiselle* Reisz tocar, mas temia que fosse inútil convidá-la.

– Vou pedir a ela – ele disse. – Vou dizer que você quer ouvi-la. Ela gosta de você. Ela virá.

Robert se virou e afastou-se apressado em direção a um dos chalés mais distantes, onde *mademoiselle* Reisz se movimentava com dificuldade. Ela arrastava uma cadeira para dentro e para fora de um cômodo, e às vezes reclamava do choro de um bebê, que uma babá tentava fazer dormir no chalé vizinho. Ela era uma mulher desagradável, não mais uma jovem, que havia discutido com quase todo mundo, graças a seu temperamento impositivo e à propensão a desrespeitar os direitos alheios. Robert impunha-se a ela sem grandes dificuldades.

Ela entrou no salão ao lado dele durante um intervalo nas danças. Curvou-se de um modo desajeitado, imperioso ao entrar. Era uma mulher sem graça, com rosto e corpo envelhecidos e olhos brilhantes. Não tinha nenhum gosto para se vestir e usava um arranjo de renda preta e violetas artificiais preso de um lado da cabeça.

– Pergunte à senhora Pontellier se ela gostaria de me ouvir tocar – pediu a Robert.

Sentou-se perfeitamente imóvel diante do piano, sem tocar as teclas, enquanto Robert levava seu recado a Edna, perto da janela. Um ar geral de surpresa e genuína satisfação apoderou-se de todos quando viram a pianista entrar. Todos se acomodaram, tomados pela expectativa. Edna se sentiu um pouco constrangida por ser destacada dessa maneira como preferida da imperiosa mulherzinha. Não se atreveu a escolher o repertório, solicitando a *mademoiselle* Reisz que fizesse a própria seleção.

Edna era o que ela mesma chamava de apaixonada pela música. Composições bem executadas tinham o poder de despertar imagens em sua mente. Às vezes ela gostava de ficar na sala, nas manhãs em que madame Ratignolle tocava ou praticava. Edna chamava uma das peças que ela executava de "Solitude". Era uma canção curta, de lamento. O nome da peça era outro, mas ela a chamava de "Solitude". Quando a ouviu, surgiu em sua imaginação a imagem de um homem em pé ao lado de uma rocha isolada à beira do mar. Ele estava nu. Sua atitude era de resignação impotente, e os olhos acompanhavam um pássaro distante que voava para longe.

Outra peça trazia à mente uma mulher jovem e delicada em um vestido Império, fazendo passinhos de dança enquanto descia uma longa avenida entre arbustos altos. Outra, ainda, a fazia pensar em crianças brincando, e outra, em uma mulher afagando um gato.

Os primeiros acordes que *mademoiselle* Reisz executou ao piano provocaram um arrepio que desceu pelas costas da senhora Pontellier. Não era a primeira vez que ouvia uma artista ao piano. Talvez fosse a primeira vez que estivesse preparada, talvez fosse a primeira vez que se sentisse propensa a se deixar impressionar pela realidade.

Ela esperou as primeiras imagens que achava que se formariam em sua imaginação. Esperou em vão. Não via imagens de solidão, de esperança, de anseio ou desespero. Mas as próprias emoções eram despertadas em sua alma, abalando-a, atacando-a como as ondas batiam todos os dias em seu corpo esplêndido. Ela tremeu, sentiu-se sufocar, e as lágrimas a cegaram.

Mademoiselle tinha terminado. Ela se levantou, curvou-se de um jeito rígido, altivo, e saiu. Sem esperar por gratidão ou aplausos. Quando passava pela sacada, bateu de leve no ombro de Edna.

– Então, o que achou de minha música? – perguntou.

Incapaz de responder, a outra apertou com força trêmula a mão da pianista. *Mademoiselle* Reisz percebeu sua agitação e até as lágrimas. Bateu novamente de leve em seu ombro e disse:

– Você é a única para quem vale a pena tocar. Os outros? Bah! – E se afastou com passos arrastados e tímidos pela sacada em direção a seu chalé.

Mas estava enganada sobre "os outros". Sua música despertara uma febre de entusiasmo. "Que paixão!" "Que artista!" "Sempre disse que ninguém poderia tocar Chopin como *mademoiselle* Reisz!" "Aquele último prelúdio! *Bon Dieu!* É de abalar um homem!"

Estava ficando tarde, e havia uma disposição geral para debandar. Mas alguém, talvez Robert, pensou em um banho àquela hora mística e sob aquela lua mística.

10

Robert fez a proposta, e não houve uma voz dissidente. Não havia ninguém que não se sentisse pronto para segui-lo. Mas ele não se pôs em posição de ser seguido; no entanto, apontou o caminho e colocou-se atrás do grupo com os amantes, que se mostravam propensos a se afastar e demorar. Andava entre eles, não se sabe se com intenção maliciosa ou brincalhona; nem ele mesmo sabia.

Os Pontelliers e os Ratignolles andavam na frente dos outros; as mulheres, apoiadas no braço dos maridos. Edna ouvia a voz de Robert atrás deles, e às vezes conseguia entender o que dizia. Perguntava-se por que ele não os acompanhava. Era o que costumava fazer. Recentemente, ele às vezes passava um dia inteiro longe dela, redobrando sua devoção nos dias seguintes, como se quisesse compensar as horas perdidas. Ela sentia falta dele nos dias em que algum pretexto o mantinha afastado, como se sente a falta do sol em um dia nublado sem que se tenha pensado muito no sol quando ele brilhava.

As pessoas andavam para a praia em pequenos grupos. Conversavam e riam; algumas cantavam. Havia uma banda tocando no Hotel Klein, e as notas chegavam fracas, temperadas pela distância. Havia odores raros e estranhos no ar, uma mistura de cheiro de mar, mato e umidade, terra arada recentemente e o perfume pesado de um campo de flores brancas perto dali. Mas a noite tocava de leve o mar e a terra. Não havia peso na escuridão; não havia sombras. A luz branca da lua caía sobre o mundo como o mistério e a suavidade do sono.

A maioria dos presentes entrou na água como se penetrasse um elemento nativo. O mar agora era manso, movendo-se preguiçoso em ondulações largas que se fundiam umas nas outras e não quebravam, exceto na praia, em pequenas ondas espumantes que recuavam como serpentes brancas, lentas.

Edna havia passado o verão inteiro tentando aprender a nadar. Recebera instruções dos dois homens e da mulher; em alguns casos, das crianças. Robert promovia aulas diárias e estava quase desistindo por se dar conta da inutilidade do esforço. Um certo medo incontrolável pairava sobre ela quando estava na água, a menos que houvesse mão próxima à qual pudesse se agarrar, se precisasse de segurança.

Mas naquela noite ela era como a criança pequena, trôpega e dependente que de repente percebe seu poder e anda sozinha pela primeira vez, ousada e confiante demais. Teria sido capaz de gritar de alegria quando, com uma ou duas braçadas, conseguiu manter o corpo na superfície da água.

Um sentimento de euforia a invadiu, como se tivesse conquistado algum poder de importância significativa para controlar o funcionamento de corpo e alma. Sentia-se ousada e inquieta, superestimando sua força. Queria nadar para longe, até onde nenhuma mulher jamais nadou.

Sua conquista inesperada era objeto de espanto, aplausos e admiração. Cada um se vangloriava de ter conquistado esse fim tão desejado com seus ensinamentos especiais.

"Como é fácil!", ela pensou.

– Não é nada – disse em voz alta. – Por que não descobri antes que não era nada? O tempo que perdi me debatendo como um bebê! – Não se juntou aos grupos para as brincadeiras, mas inebriou-se com o poder recém-conquistado e nadou sozinha.

Olhou para o mar a fim de ter a impressão de espaço e solidão, vendo e se fundindo com o céu enluarado, que se misturava à sua alegria empolgada. Quando nadava, era como se buscasse o ilimitado no qual se perder.

Uma vez, ela virou para trás e olhou para a praia, para as pessoas que tinha deixado lá. Não tinha se afastado muito – ou melhor, não seria uma grande distância para um nadador experiente. Mas, para sua visão desacostumada, o trecho de água atrás dela assumia a aparência de uma barreira que sua força isolada jamais seria capaz de transpor.

Uma visão rápida de morte invadiu sua alma e, por um segundo, enfraqueceu seus sentidos. Mas, com esforço, ela reuniu suas capacidades hesitantes e conseguiu voltar a terra.

Não mencionou o encontro com a morte e o momento de pânico, exceto para dizer ao marido:

– Achei que ia morrer lá sozinha.

– Não estava tão longe, minha querida; eu estava atento – ele respondeu.

Edna foi imediatamente à casa de banho e lá vestiu roupas secas e se preparou para voltar para casa antes que os outros saíssem da água. Começou a caminhar sozinha. Todos a chamavam e gritavam. Ela acenou com uma atitude dissidente e continuou andando, sem prestar atenção aos novos gritos que tinham a intenção de detê-la.

– Às vezes, sinto-me tentada a pensar que a senhora Pontellier é caprichosa – disse madame Lebrun, que se divertia muito e temia que a partida repentina de Edna pudesse pôr fim ao lazer.

– Eu sei que ela é – concordou o senhor Pontellier –, mas não sempre; às vezes.

Edna não havia percorrido um quarto da distância até o chalé quando foi alcançada por Robert.

– Acha que senti medo? – ela perguntou, sem nenhum sinal de irritação.

– Não. Eu sabia que não estava com medo.

– Então, por que veio? Por que não ficou lá com os outros?

– Nem pensei nisso.

– Nisso o quê?

– Nada. Que diferença faz?

– Estou muito cansada – ela resmungou, em tom queixoso.

– Eu sei.

– Você não sabe de nada. Por que saberia? Nunca estive tão exausta em minha vida. Mas não é desagradável. Mil emoções passaram por mim nesta noite. Não compreendo a metade delas. Não dê importância ao que estou dizendo; estou só pensando em voz alta. Fico me perguntando se algum dia vou me sentir tão afetada quanto *mademoiselle* Reisz me afetou hoje com sua música. Não sei se haverá na terra outra noite como esta. É como uma noite de sonho. As pessoas à minha volta são como criaturas meio humanas, sobrenaturais. Deve haver espíritos entre nós hoje.

– E há. Não sabe que hoje é vinte e oito de agosto?

– Vinte e oito de agosto?

– Sim. No dia vinte e oito de agosto, à meia-noite, e se houver lua, e a lua precisa estar brilhando, um espírito que assombra estas praias há eras se levanta do golfo. Com sua visão penetrante, o espírito procura um mortal digno de sua companhia, digno de ser elevado durante algumas horas aos reinos quase celestiais. Até hoje, essa busca sempre foi infrutífera, e ele sempre volta ao mar desanimado. Mas hoje ele encontrou a senhora Pontellier. Talvez nunca a liberte completamente de seu encantamento. Talvez ela nunca mais suporte um pobre e indigno mortal movendo-se à sombra de sua divina presença.

– Não zombe de mim – ela retrucou, magoada com o que parecia ser deboche.

Robert não se importou com as palavras, mas com a nota delicada que sugeria reprovação. Não saberia explicar; não podia dizer a ela que havia penetrado em sua disposição e a entendia. Não disse nada, apenas ofereceu o braço, porque, como ela mesma havia falado, estava exausta. Andava sozinha com os braços estirados ao longo do corpo, deixando as saias brancas arrastarem pela trilha úmida de orvalho. Ela aceitou o braço, mas não se apoiou nele. Deixou a mão repousar inerte, como se os pensamentos estivessem em outro lugar, adiantados em relação ao corpo, e ela se empenhasse em ultrapassá-los.

Robert a ajudou a acomodar-se na rede pendurada entre o poste diante da porta e o tronco de uma árvore.

– Ficará aqui esperando o senhor Pontellier? – ele perguntou.

– Vou ficar aqui. Boa noite.

– Quer que eu pegue um travesseiro?

– Tem um aqui – ela disse, tateando a rede, porque estavam na penumbra.

– Deve estar ensopado. As crianças estavam brincando com ele.

– Não tem importância. – E ajeitou sob a cabeça o travesseiro que tinha conseguido encontrar.

Ela se esticou na rede com um profundo suspiro de alívio. Não era uma mulher arrogante ou excessivamente delicada. Não era muito dada a reclinar-se na rede e, quando o fazia, não era com ares de preguiça voluptuosa, como a de um felino, mas para um repouso benéfico que parecia envolver todo o seu corpo.

– Quer que eu fique até o senhor Pontellier chegar? – Robert perguntou, sentando-se em um degrau e segurando a corda da rede que estava presa ao poste.

– Se quiser... Não balance a rede. Pode ir pegar meu xale branco, que deixei no parapeito da janela da casa?

– Está com frio?

– Não, mas vou ficar.

– Vai ficar? – Ele riu. – Sabe que horas são? Quanto tempo pretende passar aqui fora?

– Não sei. Pode ir pegar o xale?

– É claro que sim – Robert disse, ao se levantar.

Atravessou o trecho de grama e foi até a casa. Edna ficou observando a silhueta aparecer e desaparecer nos raios de luar. Passava da meia-noite. Tudo estava muito quieto.

Quando ele voltou com o xale, ela o pegou, mas não se cobriu.

– Disse que devo ficar até o senhor Pontellier voltar?

– Disse que pode ficar se quiser.

Ele se sentou novamente e enrolou um cigarro, que fumou em silêncio. A senhora Pontellier também não falava. Nem todas as palavras poderiam ter mais significado do que aqueles momentos de silêncio ou ser mais carregadas das primeiras ondas de desejo.

Quando ouviram as vozes dos banhistas se aproximando, Robert se despediu. Ela não respondeu. Ele pensou que ela dormia. Mais uma vez, ela ficou olhando a silhueta se afastar, aparecendo e desaparecendo entre os raios de luar.

11

– O que está fazendo aqui, Edna? Pensei que a encontraria na cama – disse o marido, ao vê-la ali deitada.

Tinha vindo da praia com madame Lebrun e a deixado em casa. A esposa não respondeu.

– Está dormindo? – ele perguntou, abaixando-se para examiná-la de perto.

– Não. – Seus olhos brilhavam intensos quando encontraram os dele, sem sinais de sono.

– Sabe que já passa de uma hora? Venha. – Ele subiu a escada e foi para o quarto.

Depois de alguns momentos, o senhor Pontellier chamou do interior do chalé:

– Edna!

– Não espere por mim – ela disse.

Ele voltou à porta.

– Vai pegar um resfriado aí – disse, irritado. – Que tolice é essa? Por que não entra?

– Não estou com frio. Tenho meu xale aqui.

– Os mosquitos vão devorar você.

– Não há mosquitos.

Ela ouviu os movimentos dele no interior do chalé; cada ruído indicava impaciência e irritação. Em outros tempos, teria entrado na primeira vez que ele chamou. Pelo hábito, teria se rendido ao desejo dele; não com algum sentimento de submissão ou obediência, mas sem pensar, da maneira como andava, se movia, sentava, levantava, cumpria a rotina diária da vida, as tarefas que nos são delegadas.

– Edna, querida, não vai entrar logo? – ele perguntou de novo, dessa vez com carinho, com uma nota sedutora.

– Não. Vou ficar aqui fora.

– Isso é mais que tolice – ele explodiu. – Não posso permitir que fique aí a noite toda. Precisa entrar em casa imediatamente.

Com um movimento de torção do corpo, ela se acomodou melhor na rede. Percebeu que a vontade estava inflamada, teimosa e resistente. Naquele momento, não poderia ter feito outra coisa que não fosse negar e resistir. Perguntava-se se o marido alguma vez havia falado com ela desse jeito, e se ela se havia submetido a seu comando. É claro que sim; lembrava que sim. Mas não conseguia entender por que ou como deveria ter cedido, sentindo o que sentia.

– Leonce, vá para a cama – ela disse. – Vou ficar aqui fora. Não quero e não pretendo entrar. Não fale mais comigo desse jeito; não vou responder.

O senhor Pontellier se preparou para dormir, mas vestiu uma peça a mais. Abriu uma garrafa de vinho, parte de um pequeno e seleto estoque que mantinha em um armário próprio. Bebeu uma taça e saiu para ir à varanda oferecer uma taça à esposa. Ela não quis. Ele puxou a cadeira de balanço, apoiou os pés na balaustrada sem tirar os chinelos e acendeu um charuto. Fumou dois; depois entrou e bebeu outra taça de vinho. A senhora Pontellier recusou novamente a taça oferecida pelo marido. O senhor

Pontellier sentou-se novamente com os pés levantados e, depois de um intervalo razoável, fumou mais alguns charutos.

Edna começava a sentir-se como alguém que desperta gradualmente de um sonho, um sonho delicioso, grotesco, impossível, e volta a sentir na alma a pressão da realidade. A necessidade física de sono começava a vencê-la; a exuberância que havia sustentado e exaltado seu espírito a deixava impotente e flexível às condições que a cercavam.

A hora mais quieta da noite chegava, o tempo que precede o amanhecer, quando o mundo parece prender a respiração. A lua brilhava baixa e tinha se transformado de prata em cobre no céu sonolento. A velha coruja não piava mais, e os carvalhos já não gemiam se inclinando.

Edna se levantou, dolorida por ter passado tanto tempo imóvel na rede. Subiu a escada, agarrando-se fraca ao poste antes de entrar no chalé.

– Vai entrar, Leonce? – perguntou, olhando para o marido.

– Sim, querida – ele respondeu, com um olhar rápido, depois de soltar uma nuvem de fumaça. – Assim que eu terminar meu charuto.

12

Ela dormiu pouco, só algumas horas. Momentos inquietos e agitados, perturbados por sonhos intangíveis que escapavam, deixando apenas uma impressão de alguma coisa inalcançável em seus sentidos meio despertos. Ela estava em pé e vestida no frio do início de manhã. O ar a revigorava e equilibrava suas faculdades, de certa forma. No entanto, não buscava renovação ou ajuda em lugar nenhum, fosse uma fonte externa, fosse uma interna. Seguia às cegas qualquer impulso que a movesse, como se tivesse se colocado em mãos estranhas para ser guiada e libertasse a alma da responsabilidade.

Àquela hora, a maioria das pessoas ainda estava na cama, dormindo. Algumas poucas, que pretendiam ir à Cheniere para assistir à missa, começavam o dia. Os amantes, que tinham exposto seus planos na noite anterior, já se dirigiam ao cais. A dama de negro, com seu livro de preces dominicais de capa de veludo e fivela dourada e o terço de prata, os seguia sem se afastar muito. O velho senhor Farival estava em pé e inclinado a fazer qualquer coisa que se sugerisse. Ele pôs o grande chapéu de palha, pegou o guarda-chuva do suporte ao lado da porta e seguiu a dama de negro, sem nunca a alcançar.

A menina negra que trabalhava na máquina de costura de madame Lebrun varria as sacadas com longos e distraídos movimentos da vassoura. Edna a mandou entrar e acordar Robert.

– Diga a ele que vou a Cheniere. O barco está pronto. Diga para se apressar.

Logo ele a acompanhava. Nunca antes o havia mandado chamar. Nunca antes havia solicitado sua companhia. Nunca antes parecera querê-lo. Ela não parecia ter consciência de ter feito alguma coisa incomum ao solicitar sua presença. Aparentemente, ele também não registrava nada de extraordinário na situação. Mas seu rosto tinha uma luminosidade contida quando a encontrou.

Eles foram juntos à cozinha nos fundos para tomar café. Não tinham tempo para esperar as formalidades do serviço. Ficaram do lado de fora da janela, e a cozinheira deu a eles café e um pão, e eles comeram e beberam com o apoio do parapeito.

Não pensava em café nem em nenhuma outra coisa. Ele disse que sempre havia tido a impressão de que ela não era previdente.

– Não foi suficiente pensar em ir a Cheniere e acordá-lo? – ela riu. – Tenho que pensar em tudo? É o que Leonce diz quando está de mau humor. Não o culpo; ele nunca estaria de mau humor se não fosse por mim.

Eles pegaram um atalho pela areia. Ao longe, viam a curiosa procissão a caminho do porto – os amantes, lado a lado, sinistros; a mulher de preto, cada vez mais perto deles; o velho senhor Farival, perdendo terreno centímetro a centímetro; e uma jovem espanhola descalça, com um lenço vermelho na cabeça e uma cesta no braço, no fim da fila.

Robert conhecia a garota e conversou um pouco com ela no barco. Ninguém ali entendia o que eles diziam. O nome dela era Mariequita. Seu rosto era redondo, astuto, provocante, e os olhos eram negros e bonitos.

As mãos eram pequenas. E ela as mantinha juntas na alça da cesta. Os pés eram largos e ásperos. Ela não tentava escondê-los. Edna olhou para aqueles pés e viu areia e lodo entre os dedos marrons.

Beaudelet reclamou da presença de Mariequita, dizendo que ela ocupava espaço. Na verdade, estava irritado porque o senhor Farival estava a bordo e se considerava o melhor marinheiro entre eles dois. Mas não discutiria com um homem tão velho quanto ele, por isso reclamava com Mariequita. A jovem foi depreciativa, de início, apelando para Robert. Depois foi atrevida, balançando a cabeça para cima e para baixo e fazendo olhos de "sim" para Robert e "bocas" para Beaudelet.

Os amantes estavam sozinhos. Não viam nada, não ouviam nada. A mulher de preto contava as contas do rosário pela terceira vez. O velho senhor Farival falava sem parar sobre o que sabia a respeito do manejo de um barco e sobre o que Baudelet não sabia sobre o mesmo assunto.

Edna gostava de tudo isso. Olhava para Mariequita da cabeça aos pés, dos dedos marrons e feios até os belos olhos pretos, e de volta.

– Por que ela olha para mim desse jeito? – a menina perguntou a Robert.

– Talvez ache você bonita. Quer que eu pergunte?

– Não. Ela é sua namorada?

– Ela é uma mulher casada, mãe de dois filhos.

– Ah! Ora! Francisco fugiu com a esposa de Sylvano, que tinha quatro filhos. Levaram todo o dinheiro dele e uma das crianças e roubaram seu barco.

– Cale a boca!

– Ela entende?

– Ah, fique quieta!

– Aqueles dois ali, debruçados um sobre o outro... são casados?

– É claro que não – riu Robert.

– É claro que não – repetiu Mariequita, confirmando com um movimento de cabeça.

O sol se erguia e começava a arder. Edna tinha a sensação de que a brisa rápida enterrava esse calor em sua face e em suas mãos. Robert segurava a sombrinha sobre ela. Enquanto isso, iam navegando, as velas infladas e distendidas pelo vento. O velho senhor Farival ria com sarcasmo de alguma coisa e olhava para as velas, e Beaudelet xingava o homem em voz baixa.

Navegando através da baía na direção de Cheniere Caminada, Edna tinha a sensação de se libertar de alguma corrente que a mantinha presa, de correntes que começavam a se soltar – arrebentaram na noite anterior quando o espírito místico esteve entre eles, deixando-a livre para vagar para onde decidisse içar velas. Robert falava com ela sem parar; não notava mais Mariequita. A menina levava camarões na cesta de bambu. Estavam cobertos com barba-de-velho. Ela batia nessa cobertura vegetal com impaciência e resmungava, carrancuda.

– Vamos ao Grande Terre amanhã? – Robert perguntou em voz baixa.

– O que faremos lá?

– Vamos subir a colina do velho forte e olhar as cobrinhas douradas se contorcendo, os lagartos tomando sol.

Ela olhou para Grande Terre e pensou que gostaria de estar lá sozinha com Robert, ao sol, ouvindo o oceano rugir e vendo os lagartos viscosos entrando e saindo das ruínas do velho forte.

– E no dia seguinte, ou no outro, podemos velejar até Bauoy Brulow – ele continuou.

– Para fazer o quê?

– Qualquer coisa... pescar.

– Não. Voltaremos a Grande Terre. Deixe os peixes em paz.

– Iremos aonde você quiser ir – ele respondeu. – Vou pedir ajuda a Tonie para consertar meu barco. Não vamos precisar de Beaudelet nem de ninguém. Tem medo da canoa?

– Ah, não.

– Então, vamos sair para um passeio de canoa uma noite, quando houver luar. Talvez o espírito do golfo cochiche para você em qual dessas ilhas estão escondidos os tesouros; talvez a conduza até o local.

– E, em um dia, seremos ricos! – ela riu. – Eu daria tudo a você, o ouro do pirata e todos os tesouros que conseguíssemos desenterrar. Acho que saberia como gastar tudo isso. Ouro de pirata não é coisa para se guardar ou utilizar. É algo para gastar, jogar aos quatro ventos, só pela diversão de ver as fagulhas douradas voando.

– Dividiríamos o tesouro e gastaríamos tudo juntos – ele disse.

O rosto dela corou.

Todos seguiram até a pequena igreja gótica de Nossa Senhora de Lourdes, cuja pintura marrom e amarela brilhava ao sol forte.

Só Beaudelet ficou para trás, mexendo no barco, e Mariequita se afastou com sua cesta de camarões, lançando para Robert um olhar de canto de olho repleto de mau humor infantil e reprovação.

13

Um sentimento de opressão e sonolência se apoderou de Edna durante a missa. A cabeça começou a doer, e as luzes no altar balançavam diante de seus olhos. Em outra ocasião, poderia ter-se esforçado para recuperar a compostura, mas agora seu único pensamento era sair da atmosfera sufocante da igreja e respirar ar livre. Ela se levantou, pisou nos pés de Robert e resmungou um pedido de desculpas. O velho senhor Farival se apressou e, curioso, ficou em pé, mas, ao ver que Robert seguira a senhora Pontellier, tornou a sentar-se. Cochichou uma pergunta aflita à senhora de preto, que não o escutou nem notou sua presença, mantendo os olhos voltados para as páginas de seu livro de orações de capa de veludo.

– Fiquei tonta e quase desmaiei – Edna contou, levando as mãos à cabeça e empurrando para trás o chapéu de palha. – Não teria conseguido ficar até o fim da missa.

Estavam do lado de fora, à sombra da igreja. Robert era todo solícito.

– Foi tolice ter pensado em vir, ainda mais ficar. Vamos até a casa de madame Antoine; você pode descansar um pouco. – Ele a segurou pelo braço e a levou dali, olhando a todo instante para seu rosto com ar ansioso.

Tudo era quieto, só a voz do mar sussurrava entre os juncos que cresciam em poças de água salgada. A longa fileira de casinhas cinzentas castigadas pelo tempo se aninhava entre as laranjeiras. Todos os dias deviam ser o dia de Deus nessa ilha sonolenta, pacata, pensou Edna. Eles pararam, apoiaram-se em uma cerca irregular feita de destroços trazidos pelo mar e pediram água. Uma jovem acádia de rosto sereno tirava água de uma cisterna, que não era mais do que uma boia enferrujada com uma abertura lateral, enterrada no solo. A água que a jovem deu a eles em uma caneca de lata não era fresca ao paladar, mas era fresca em seu rosto quente e a reanimou e refrescou muito.

A casa de madame Antoine ficava no fim do povoado. Ela os recebeu com toda a hospitalidade nativa, como teria aberto a porta para deixar entrar o sol. Era gorda e andava com passos pesados e desajeitados. Não sabia falar inglês, mas, quando Robert explicou que a dama que o acompanhava se sentia mal e queria descansar, ela não mediu esforços para que Edna se sentisse à vontade e confortável.

O lugar era impecavelmente limpo, e a grande cama com dossel branco convidava ao repouso. Ficava em um quartinho de onde se via uma estreita área gramada e um abrigo, sob o qual havia um barco inutilizado, virado de cabeça para baixo.

Madame Antoine não tinha ido à missa. Seu filho Tonie, sim, mas ela achava que logo ele estaria de volta, e convidou Robert a se sentar e esperar. Mas ele foi sentar-se do lado de fora, para fumar. Madame Antoine estava ocupada no grande aposento da frente, onde preparava a refeição. Ela grelhava tainhas sobre algumas brasas vermelhas no enorme fogão a lenha.

Sozinha no quarto, Edna afrouxou as roupas, removendo a maior parte delas. Lavou o rosto, o pescoço e os braços na bacia que ficava entre as janelas. Tirou os sapatos e as meias e deitou-se bem no meio da grande cama branca. Como era delicioso descansar assim em uma cama desconhecida, diferente, com o doce aroma silvestre de louro nos lençóis e no colchão! Ela esticou as pernas fortes, que doíam um pouco. Passou os dedos pelos cabelos soltos. Olhou para os braços redondos quando os levantou, massageando um de cada vez, observando-os com atenção, como se houvesse alguma coisa que via pela primeira vez, a qualidade firme e fina e a textura da pele. Uniu as mãos sob a cabeça, e foi assim que adormeceu.

No início era um sono leve, um cochilo entrecortado por momentos de atenção às coisas em torno dela. Ouvia os passos pesados e arrastados de madame Antoine no chão lixado. Algumas galinhas cacarejavam do lado de fora da janela, ciscando na grama. Mais tarde, ela ouviu a voz de Robert, conversando com Tonie sob o abrigo. Não se mexeu. Até as pálpebras descansavam entorpecidas e pesadas sobre os olhos sonolentos. As vozes prosseguiam – a de Tonie, preguiçosa e arrastada, a de Robert, mais rápida, suave, falando um francês perfeito. Ela entendia pouco o idioma, a menos que falassem diretamente com ela, e as vozes eram parte de outros sons abafados e envolventes que embalavam seus sentidos.

Quando Edna acordou, teve certeza de que havia dormido muito e profundamente. As vozes eram abafadas no abrigo. Não ouvia mais os passos de madame Antoine na sala vizinha. Até as galinhas tinham ido ciscar e cacarejar em outro lugar. O mosquiteiro a protegia; a mulher havia entrado enquanto ela dormia e baixado a tela. Edna levantou-se da cama e, silenciosa, olhou por entre as cortinas da janela, vendo que os raios inclinados de sol anunciavam que a tarde já ia avançada. Robert estava lá fora, no abrigo, reclinado à sombra contra a quilha do barco virado. Ele lia um livro. Tonie não estava mais com ele. Edna gostaria de saber onde estavam os outros. Olhou duas ou três vezes para Robert enquanto se lavava na bacia entre as janelas.

Madame Antoine tinha deixado toalhas ásperas, mas limpas, sobre uma cadeira e uma caixa de *poudre de riz* à disposição. Edna empoou o nariz e as faces, olhando com atenção para o espelho pendurado na parede acima da bacia. Seus olhos estavam brilhantes, alertas, e as faces eram luminosas.

Quando terminou de se arrumar, ela saiu do quarto. Estava com muita fome. Não tinha ninguém ali. Mas havia uma toalha sobre a mesa encostada à parede, e nela havia um prato coberto, um filão de pão e uma garrafa de vinho ao lado do prato. Edna pegou um pedaço do pão escuro e mordeu com os dentes fortes, brancos. Serviu um pouco do vinho no copo e bebeu. Depois saiu, colheu uma laranja de um galho baixo da árvore e a arremessou contra Robert, que não sabia que ela estava acordada.

Seu rosto se iluminou quando a viu, e ele foi se juntar a Edna embaixo da laranjeira.

– Por quantos anos eu dormi? – ela perguntou. – A ilha toda parece ter mudado. Uma nova raça de seres deve ter nascido, e só restamos eu e você como relíquias do passado. Há quantas eras madame Antoine e Tonie morreram? E quando foi que nosso povo de Grand Isle desapareceu da terra?

Ele ajeitou um babado sobre o ombro de Edna com um toque de familiaridade.

– Você dormiu por exatamente cem anos. Fiquei aqui velando seu sono; e durante cem anos fiquei embaixo daquele abrigo lendo um livro. O único mal que não consegui evitar foi o ressecamento de uma ave grelhada.

– Eu a comeria, mesmo que ela tivesse virado pedra – respondeu Edna, voltando para dentro da casa com ele. – Mas, sério, onde estão o senhor Farival e os outros?

– Foram embora há horas. Quando descobriram que estava dormindo, acharam melhor não acordar você. E nem eu teria permitido. Para que eu estava aqui?

– Leonce deve estar preocupado! – ela especulou, ao sentar-se à mesa.

– É claro que não. Ele sabe que você está comigo – Robert respondeu, ocupando-se com recipientes variados e pratos cobertos deixados sobre o fogão.

– Onde estão madame Antoine e o filho dela?

– Foram à missa vespertina, acho, e visitar alguns amigos. Vou levar você de volta no barco de Tonie assim que quiser ir.

Ele remexeu as brasas até a ave grelhada começar a fritar novamente. Depois a serviu, fez café e dividiu com ela. Madame Antoine tinha preparado pouco mais que as tainhas, mas, enquanto Edna dormia, Robert havia revirado a ilha. Sentia uma gratificação infantil ao descobrir que ela estava com fome, ao vê-la comer com prazer a comida que ele tinha providenciado.

– Podemos ir agora mesmo? – ela perguntou, depois de beber todo o conteúdo do copo e juntar as migalhas de pão.

– O sol ainda vai baixar mais nas próximas duas horas – ele respondeu.

– Em duas horas, não vai mais ter sol.

– Bem, e daí? Quem se importa?

Eles passaram um bom tempo embaixo das laranjeiras, até madame Antoine voltar ofegante, andando com dificuldade, oferecendo mil desculpas para justificar sua ausência. Tonie não voltou. Era tímido e não ousava encarar mulher alguma além da mãe.

Foi muito agradável ficar ali sob as laranjeiras, enquanto o sol descia cada vez mais, transformando o lado oeste do céu em ouro e cobre flamejantes. As sombras se alongavam e projetavam como monstros grotescos e furtivos no gramado.

Edna e Robert estavam sentados no chão – ou melhor, ele estava deitado no chão ao lado dela e de vez em quando brincava com a bainha de seu vestido de musselina.

Madame Antoine descansava o corpo gordo, largo e atarracado em um banco ao lado da porta. Passara a tarde falando, contando muitas histórias.

E que histórias havia contado! Essa mulher só havia saído de Cheniere Caminada duas vezes na vida, e por pouco tempo. Durante todos os seus anos, tinha circulado ali na ilha, reunindo lendas sobre os baratarianos e o mar. A noite chegou, com a lua para iluminá-la. Edna podia ouvir as vozes sussurrantes de homens mortos e o tilintar de ouro escondido.

Quando ela e Robert entraram no barco de Tonie, formas nebulosas espreitavam das sombras e por entre os juncos, e sobre a água navios fantasmas deslizavam fugindo para o esconderijo.

14

O menino mais novo, Etienne, tinha sido muito malcriado, contou madame Ratignolle ao entregá-lo para a mãe. Recusara-se a ir para a cama e tinha feito uma cena; desse momento em diante, ela se havia encarregado dele e tentado acalmá-lo da melhor maneira possível. Raoul estava na cama, dormindo havia duas horas.

O caçula estava vestido com sua longa camisola branca e tropeçava nela a todo instante, enquanto madame Ratignolle o conduzia pela mão. Com o outro punho gorducho, ele esfregava os olhos pesados de sono e mau humor. Edna o pegou no colo e, sentando-se na cadeira de balanço, começou a niná-lo com carinho, chamando-o de todos os nomes mais ternos, acalmando-o para que adormecesse.

Eram mais de nove horas. Só as crianças tinham ido para a cama.

Leonce havia ficado muito apreensivo de início, contou madame Ratignolle, querendo partir imediatamente para Cheniere. Mas o senhor Farival o tranquilizou, explicando que a esposa tinha sido acometida apenas por sono e fadiga, e que Tonie a traria de volta mais tarde, sã e salva; e, assim, ele foi dissuadido da ideia de atravessar a baía. Em vez disso, foi para o Klein procurar um corretor de algodão com quem queria conversar sobre seguros, câmbios, ações, papéis, ou alguma coisa do tipo, madame Ratignolle não conseguia lembrar o quê. Ele disse que não ficaria fora até tarde. Ela mesma estava padecendo com o calor e a opressão, disse. Levava sempre um grande frasco com sais e um leque. Não aceitou o convite para ficar com Edna, porque o senhor Ratignolle estava sozinho, e não havia nada que ele detestasse mais do que ser deixado sozinho.

Quando Etienne dormiu, Edna o carregou para o quarto dos fundos, e Robert foi levantar o mosquiteiro para que ela pudesse acomodar a criança com todo o conforto em sua cama. A mestiça havia desaparecido. Quando saíram do chalé, Robert se despediu de Edna.

– Sabe que passamos o dia todo juntos, Robert... desde muito cedo? – ela comentou ao se despedir.

– Menos os cem anos enquanto você dormia. Boa noite.

Ele tocou sua mão e se afastou em direção à praia. Não se juntou aos outros, apenas caminhou sozinho rumo ao golfo.

Edna ficou do lado de fora, esperando o marido voltar. Não queria dormir ou se recolher; também não sentia vontade de ir visitar os Ratignolles ou de se juntar a madame Lebrun e um grupo animado reunido diante da casa, pessoas cujas vozes chegavam até ela. Deixava a mente vagar pelos detalhes da estadia em Grand Isle; tentava descobrir em que este verão era diferente de todos os outros de sua vida. Só conseguia identificar que ela mesma – sua versão atual – era diferente, de algum jeito, do outro eu. Ainda não suspeitava de que enxergava com outros olhos e conhecia novas condições em si mesma que coloriam e mudavam o ambiente.

Queria saber por que Robert tinha ido embora. Não passava por sua cabeça que ele podia ter-se cansado de sua companhia, depois de ter passado o dia todo com ela. Não estava cansada, e não havia visto nele sinais de cansaço. Lamentava que ele tivesse ido. Era muito mais natural deixá-lo ficar, quando nada o chamava para longe dela.

Enquanto esperava pelo marido, Edna cantava baixinho uma canção que Robert tinha cantado quando atravessavam a baía. Começava com *"Ah! Si tu savais"*[6], e todos os versos terminavam com *"Ah! Si tu savais"*.

A voz de Robert não era pretensiosa. Era musical e verdadeira. A voz, as notas, o refrão, tudo assombrava sua memória.

15

Certa noite, Edna entrou na sala de jantar já um pouco atrasada, como era seu hábito, e encontrou uma conversa animada. Várias pessoas falavam ao mesmo tempo, e a voz de Victor era predominante, inclusive sobre a da mãe dele. Edna tinha voltado tarde do banho de mar, vestira-se apressada e tinha o rosto corado. A cabeça, destacada por seu delicado vestido branco, fazia pensar em uma flor rica e rara. Ela sentou-se à mesa entre o velho senhor Farival e madame Ratignolle.

Quando sentou e se preparou para tomar a sopa, que começava a ser servida quando ela entrou na sala, várias pessoas lhe informaram ao mesmo tempo que Robert iria para o México. Ela deixou a colher no prato e olhou em volta, espantada. Ele havia estado em sua companhia, lendo para

---

[6] Ah, se você soubesse. (N.T)

ela durante toda a manhã, sem jamais mencionar o México. Não o tinha visto durante a tarde; alguém tinha dito que ele estava em casa, no andar de cima com a mãe. Não tinha dado muita importância a isso, apesar da surpresa causada pela ausência dele mais tarde, quando ela foi à praia.

Edna olhou para Robert, sentado ao lado de madame Lebrun, que ocupava a ponta da mesa. O rosto dela era a imagem da perplexidade, que nem tentava disfarçar. Ele ergueu as sobrancelhas com um esboço de sorriso ao retribuir seu olhar. Parecia constrangido e pouco à vontade.

– Quando ele vai? – ela perguntou a todos de maneira geral, como se Robert não estivesse ali para responder por si mesmo.

– Hoje à noite!

– Nesta noite!

– Quem poderia...!

– O que ele tem na cabeça?

Essas foram algumas respostas que ela conseguiu ouvir, todas oferecidas ao mesmo tempo em francês e inglês.

– Impossível! – exclamou. – Como alguém pode partir de Grand Isle para o México de uma hora para outra, como se fosse ao Klein's, ao cais ou à praia?

– Eu sempre disse que iria para o México. Digo isso há anos! – Robert protestou com um tom empolgado e irritado, como um homem que se defende de um enxame de insetos.

Madame Lebrun bateu na mesa com o cabo da faca.

– Por favor, deixem Robert explicar por que está partindo e por que vai partir nesta noite – ela pediu. – Sério, esta mesa se torna a cada dia mais caótica, com todos falando ao mesmo tempo. Às vezes, espero que Deus me perdoe, mas, francamente, às vezes torço para Victor perder o poder da fala.

Victor riu debochado e agradeceu à mãe pelo voto sincero, cujo benefício ele não conseguia identificar, exceto permitir que ela tivesse mais oportunidade e tempo para falar.

O senhor Farival achava que Victor deveria ter sido levado para o meio do oceano ainda jovem e afogado. Victor retrucou que seria mais lógico dar esse destino a pessoas velhas com o dom reconhecido de se fazerem onipresentes. Madame Lebrun ficou um pouco histérica; Robert chamou a mãe de alguns nomes duros, incisivos.

– Não há nada mais a explicar, mãe – ele disse, mas explicou mesmo assim, olhando principalmente para Edna, que só poderia encontrar o cavalheiro que iria procurar em Vera Cruz se embarcasse em um determinado vapor que zarparia de Nova Orleans em um certo dia; Beaudelet partiria com sua carga de vegetais naquela noite, o que dava a ele a chance de chegar à cidade e embarcar nesse vapor a tempo.

– Mas quando decidiu tudo isso? – perguntou o senhor Farival.

– Hoje à tarde – Robert respondeu, com uma nota de irritação.

– Hoje à tarde, a que horas? – persistiu o cavalheiro com determinação irritante, como se interrogasse um criminoso em um tribunal.

– Às quatro desta tarde, senhor Farival – Robert respondeu, em voz alta e com um ar altivo que fez Edna pensar em um certo cavalheiro dos palcos.

Ela se havia forçado a tomar a maior parte da sopa, e agora usava o garfo para tirar pequenos pedaços de um *court bouillon*.

Os amantes tiravam proveito da conversa generalizada sobre o México para sussurrar entre eles sobre assuntos que consideravam interessar apenas aos dois. A mulher de preto uma vez ganhou um rosário de um curioso artesanato mexicano, com uma bênção muito especial conferida à peça, mas nunca havia conseguido determinar se a bênção valia fora das fronteiras do México. Padre Fochel da Catedral tinha tentado explicar essa história, mas a explicação não a contentou. E ela pediu a Robert para, se possível, descobrir se ela tinha direito à bênção que acompanhava o curioso rosário mexicano.

Madame Ratignolle esperava que Robert tivesse extrema cautela ao lidar com os mexicanos, que, ela pensava, eram um povo traiçoeiro, inescrupuloso e vingativo. Estava certa de que não cometia nenhuma injustiça condenando-os dessa maneira como raça. Só havia conhecido pessoalmente um mexicano, que fazia e vendia tamales excelentes, e em quem ela havia confiado plenamente por sua fala mansa. Um dia, ele foi preso por ter esfaqueado a esposa. Ela nunca soube se o homem foi condenado à forca ou não.

Victor tentava ser engraçado e contava uma história sobre uma garota mexicana que vendia chocolate quente em um restaurante da rua Dauphine, em um inverno. Ninguém o escutava, exceto o velho senhor Farival, que ria convulsivamente do relato.

Edna se perguntava se todos haviam enlouquecido, por isso falavam e gritavam daquele jeito. Ela mesma não conseguia pensar em nada para dizer sobre o México ou os mexicanos.

– A que horas você parte? – perguntou a Robert.

– Às dez – ele respondeu. – Beaudelet quer esperar a lua.

– Está pronto para ir?

– Sim, estou. Vou levar apenas uma valise, e providencio um baú na cidade.

Ele virou para responder a uma pergunta da mãe, e Edna, que havia terminado de beber seu café, saiu da mesa.

Foi diretamente para seus aposentos. O chalé era espremido e abafado depois da noite lá fora. Mas ela não se importava; era como se uma centena de coisas diferentes exigisse sua atenção ali dentro. Começou organizando a penteadeira, resmungando sobre a negligência da mestiça, que estava no quarto ao lado pondo as crianças para dormir. Ela recolheu peças de roupa espalhadas por ali, penduradas no encosto de cadeiras, e guardou cada uma em seu lugar, no armário ou na gaveta da cômoda. Trocou o vestido por um penhoar mais confortável. Arrumou os cabelos, escovando-os com energia incomum. Depois foi ajudar a mestiça a colocar os meninos na cama.

Eles queriam brincar e conversar – fazer qualquer coisa, menos deitar e dormir. Edna dispensou a mestiça, disse que ela podia ir jantar e não precisava voltar. Depois sentou-se e contou uma história para os filhos. Em vez de ajudá-los a relaxar, isso os deixou mais agitados, mais alertas. Ela os deixou no meio de uma discussão acalorada sobre o desfecho da história, que a mãe prometeu terminar na noite seguinte.

A menina negra chegou para avisar que madame Lebrun gostaria de tê-la em sua casa com os outros até a partida do senhor Robert. Edna pediu para a criada explicar que ela já estava despida, que não se sentia muito bem, mas que talvez fosse até lá mais tarde. Começou a se vestir novamente, mas parou ao despir o penhoar. Mudou de ideia, vestiu novamente o penhoar e foi se sentar lá fora, diante de sua porta. Estava com calor e irritada, e por algum tempo abanou-se com energia. Madame Ratignolle apareceu para perguntar qual era o problema.

– Acho que todo aquele barulho e a confusão à mesa me incomodaram – respondeu Edna. – Além do mais, odeio choques e surpresas. Essa ideia de Robert partir de um jeito tão repentino e dramático! Como se fosse uma questão de vida ou morte! E depois de ter passado a manhã toda comigo, sem dizer nada sobre isso.

– Sim – concordou madame Ratignolle. – Acho que foi uma demonstração de falta de consideração com todos nós, com você especialmente. Não teria me surpreendido com nenhum outro da família; aqueles Lebruns são todos dados a feitos heroicos! Mas preciso dizer que nunca esperei esse tipo de coisa de Robert. Não vai se juntar aos outros? Vamos, querida. Isso não parece muito amigável.

– Não – Edna respondeu um pouco azeda. – Não vou me vestir de novo. Não estou com vontade.

– Não precisa se vestir. Você está ótima! Amarre uma faixa na cintura. Olhe para mim!

– Não – Edna persistiu. – Mas vá você. Madame Lebrun pode se ofender se nós duas estivermos ausentes.

Madame Ratignolle deu um beijo de boa-noite em Edna e se afastou, animada para participar da conversa divertida que ainda acontecia sobre o México e os mexicanos.

Um pouco mais tarde, Robert apareceu carregando sua valise.

– Não se sente bem? – ele perguntou.

– Ah, estou bem. Já vai?

Ele riscou um fósforo e consultou o relógio.

– Em vinte minutos – disse. O repentino e breve brilho da chama do fósforo enfatizou a escuridão por um instante. Ele se sentou em uma banqueta que as crianças haviam deixado na varanda.

– Pegue uma cadeira – disse Edna.

– Estou bem aqui – respondeu ele. Pôs o chapéu e, nervoso, voltou a tirá-lo, depois limpou o rosto com o lenço e reclamou do calor.

– Pegue o leque – Edna ofereceu, estendendo a mão.

– Ah, não! Obrigado. Não adianta. Em algum momento você tem que parar de se abanar, e o desconforto fica ainda maior.

– Essa é uma das coisas ridículas que os homens sempre dizem. Não conheço nenhum que tenha dito algo diferente sobre se abanar. Quanto tempo vai passar fora?

– Não sei, talvez para sempre. Depende de muitas coisas.

– Bem, nesse caso, não deve ser para sempre. Quanto tempo?

– Não sei.

– Acho tudo isso absurdo e desnecessário. Não gosto. Não entendo essa necessidade de silêncio e mistério, não me falou nada hoje de manhã.

Ele permaneceu em silêncio, não tentou se defender. Depois de um momento, disse apenas:

– Não se despeça de mim com esse mau humor. Nunca perdeu a paciência comigo antes.

– Não quero me despedir de mau humor. Mas não consegue entender? Eu me acostumei a ver você, a tê-lo comigo o tempo todo, e essa sua atitude não é a de um amigo; chega a ser grosseira. E você nem se desculpa por isso. Ora, eu estava planejando passar mais tempo com você, já pensava em como seria agradável encontrá-lo na cidade, no próximo inverno.

– Eu também – ele confessou. – Talvez esse seja… – Ele levantou de repente e estendeu a mão. – Adeus, minha querida senhora Pontellier, adeus. Não me… espero que não me esqueça completamente.

Ela segurou a mão dele, tentando detê-lo.

– Escreva para mim quando chegar lá, Robert – pediu.

– Vou escrever. Obrigado. Adeus.

Totalmente atípico para Robert! Um mero conhecido teria respondido algo mais enfático do que "Vou escrever. Obrigado. Adeus" a esse pedido.

Evidentemente, ele já tinha se despedido das pessoas na casa, porque desceu a escada e foi ao encontro de Beaudelet, que já o esperava com um remo sobre o ombro. Os dois se afastaram andando juntos na escuridão. Ela ouvia apenas a voz de Beaudelet. Aparentemente, Robert não falou nem para cumprimentar o companheiro.

Edna mordia o lenço, tentando controlar e esconder, até dela mesma, como teria escondido de qualquer outra pessoa, a emoção que pulsava dentro dela, que a rasgava por dentro. Os olhos se enchiam de lágrimas.

Pela primeira vez, reconheceu os sintomas de paixão que só havia sentido insípidos na infância, ainda menina no início da adolescência, e, mais tarde, já uma jovem mulher. O reconhecimento não amenizava a realidade, a intensidade da revelação com qualquer promessa ou sugestão de fugacidade. O passado não era nada para ela; não oferecia nenhuma lição que estivesse disposta a ouvir. O futuro era um mistério que nunca tentou desvendar. Só o presente era importante; era dela, para torturá-la como fazia a convicção de ter perdido aquilo que teve, de lhe ser negado o que seu ser apaixonado e recém-despertado exigia.

16

– Sente muita falta de seu amigo? – *Mademoiselle* Reisz perguntou certa manhã, quando se aproximou silenciosa de Edna, que tinha acabado de sair do chalé para ir à praia. Ela passava a maior parte do tempo na água, desde que finalmente aprendera a nadar. Com a estadia em Grand Isle chegando ao fim, sentia que todo tempo ainda era pouco para dedicar à diversão, únicos momentos de prazer que conhecia. Quando *mademoiselle* Reisz se aproximou, tocou seu ombro e falou com ela, foi como se ecoasse o pensamento que nunca saía da cabeça de Edna, ou melhor, o sentimento que a dominava constantemente.

A partida de Robert havia, de algum jeito, levado o brilho, a cor, o significado de tudo. As condições de sua vida não sofreram nenhuma mudança, mas toda a sua existência estava ofuscada, como uma roupa desbotada que não parecia mais digna de ser usada. Procurava-o em todos os lugares – em outras pessoas, que induzia a falar sobre ele. De manhã, ia ao quarto de madame Lebrun e enfrentava o barulho da velha máquina de costura. Ficava lá sentada, conversando nos intervalos, como Robert fazia. Olhava em volta, analisava os quadros e as fotografias pendurados nas paredes, e descobriu em algum canto um velho álbum de família, que examinou com o mais intenso interesse, pedindo a madame Lebrun esclarecimentos sobre as diversas figuras e os rostos que descobria entre as páginas.

Havia um retrato de madame Lebrun com Robert ainda bebê, sentado em seu colo, um rosto infantil e redondo e um punho fechado na boca. Só os olhos do bebê sugeriam o homem. E o fato de ele vestir kilt aos cinco anos, ter cabelos longos e encaracolados e segurar um chicote. Isso fez Edna rir, e ela também riu quando o viu em sua primeira calça comprida; outra foto chamou sua atenção, tirada quando ele foi para a faculdade, um rapaz magro, com olhos cheios de fogo, ambição e grandes intenções. Mas não havia nenhuma fotografia recente, nenhuma que sugerisse que Robert houvesse partido havia cinco dias, deixando para trás um vazio imenso.

– Ah, Robert parou de tirar fotos quando passou a ter de pagar ele mesmo por elas! Diz que encontrou outras utilidades para seu dinheiro – explicou madame Lebrun. Ela havia recebido uma carta dele, escrita antes de sua partida de Nova Orleans. Edna quis ver a carta, e madame Lebrun sugeriu que fosse procurá-la em cima da mesa, ou na cômoda, ou talvez no console da lareira.

A carta estava na estante de livros. Para Edna, era muito interessante e atraente; o envelope, seu tamanho e formato, o selo postal, a caligrafia. Ela examinou cada detalhe antes de abrir o envelope. Eram poucas linhas, nas quais ele contava que deixaria a cidade naquela tarde, que tinha providenciado um baú e roupas, que estava bem, mandava todo o seu amor e pedia para que ela mandasse suas afetuosas lembranças a todos. Nenhuma mensagem especial para Edna, exceto um pós-escrito informando que, caso a senhora Pontellier quisesse concluir o livro que ele começara a ler para ela, sua mãe o encontraria em seu quarto, entre outros livros sobre a mesa. Edna sentiu uma ponta de ciúme por ele ter escrito para a mãe, não para ela.

Todos pareciam ter certeza de que ela sentia falta dele. Até seu marido, quando chegou no domingo seguinte à partida de Robert, lamentou que ele houvesse viajado.

– Como está sem ele, Edna? – perguntou.

– É muito sem graça – ela reconheceu.

O senhor Pontellier tinha visto Robert na cidade, e Edna fez uma dúzia de perguntas, ou mais. Onde se encontraram? Na rua Carondelet, de manhã. Entraram em algum lugar e beberam alguma coisa e fumaram um charuto juntos. Sobre o que conversaram? Principalmente sobre as perspectivas dele no México, que o senhor Pontellier considerava muito promissoras. Como ele estava? Como assim? Como estava... sério, alegre, como? Bem alegre e totalmente empolgado com a ideia da viagem, o que o senhor Pontellier considerava natural em um jovem prestes a buscar fortuna e aventura em um país estranho, diferente.

Edna batia o pé impaciente, perguntando-se por que as crianças insistiam em brincar ao sol, quando deveriam estar embaixo das árvores. Ela desceu e os tirou do sol, advertindo a mestiça pela falta de atenção.

Não via nada de estranho em fazer de Robert o assunto da conversa e em induzir o marido a falar sobre ele. O sentimento que tinha por Robert não se assemelhava em nada ao que nutria pelo marido, ou nutrira, ou esperava nutrir. Durante toda a vida, habituara-se a ter pensamentos e emoções que nunca se expressavam. Nunca tomavam a forma de luta ou esforço. Pertenciam a ela e ficavam só com ela, e estava convicta de que tinha direito a eles, e de que eles não diziam respeito a mais ninguém. Edna uma vez dissera a madame Ratignolle que jamais se sacrificaria pelos filhos ou por alguém. Depois disso, elas tiveram uma discussão acalorada; as duas mulheres pareciam não se entender nem falar o mesmo idioma. Edna tentara aplacar a amiga, explicar sua colocação.

– Eu abriria mão do que não fosse essencial; daria meu dinheiro, daria minha vida por meus filhos; mas não desistiria de mim. Não consigo ser mais clara do que isso; é algo que estou apenas começando a compreender, que está se revelando a mim.

– Não sei o que chama de essencial, ou o que quer dizer com não essencial – retrucou madame Ratignolle –, mas uma mulher que daria a vida pelos filhos não poderia fazer mais do que isso, é o que diz sua *Bíblia*. Eu não poderia fazer mais que isso.

– Ah, sim, poderia! – riu Edna.

Não se surpreendeu com a pergunta de *mademoiselle* Reisz naquela manhã em que ela a seguiu até a praia, bateu em seu ombro e perguntou se não sentia muito a falta do jovem amigo.

– Ah, bom dia, *mademoiselle*; é você? Ora, é claro que sinto falta de Robert. Vai tomar banho de mar?

– Por que iria tomar banho de mar no fim da temporada, se não fui à praia durante todo o verão? – a mulher respondeu, com antipatia.

– Desculpe – Edna pediu constrangida, porque devia ter lembrado que a aversão de *mademoiselle* Reisz à água era um tema que provocava essa antipatia.

Alguns achavam que era por causa do cabelo falso, enquanto outras pessoas atribuíam essa conduta à aversão natural à água que se acreditava ser típica do temperamento artístico. *Mademoiselle* ofereceu a Edna os chocolates que carregava em um saco de papel e que tirou do bolso, como uma maneira de demonstrar que não guardava ressentimentos. Normalmente, comia chocolates por suas qualidades nutritivas; eles continham muito mais nutrientes em poucas quantidades, dizia. Livravam-na de passar fome, considerando que a mesa de madame Lebrun era absolutamente impossível; e ninguém, exceto uma mulher tão impertinente quanto madame Lebrun, poderia pensar em oferecer esse tipo de alimento às pessoas e ainda cobrar por isso.

– Ela deve se sentir muito sozinha sem o filho – disse Edna, desejando mudar de assunto. – E o filho favorito. Deve ter sido muito difícil deixá--lo partir.

Mademoiselle riu com malícia.

– Filho favorito! Ai, céus! Quem pode ter contado essa história a você? Aline Lebrun vive para Victor, e só por Victor. Ela o mimou e o transformou na criatura imprestável que é. Ela o idolatra e ao chão que ele pisa. Robert abre mão de todo o dinheiro que pode ganhar da família, fica apenas com uns trocados para se manter. Filho favorito, francamente! Eu mesma sinto falta do pobre coitado, minha querida. Gostava de vê-lo e de ouvi-lo falar por aí, o único Lebrun que vale uma pitada de sal. Ele vai me visitar frequentemente na cidade. Gosto de tocar para ele. Aquele Victor! A forca seria boa demais para ele. Espanta-me que Robert não o tenha espancado até a morte há muito tempo.

– Pensei que ele tivesse muita paciência com o irmão – comentou Edna, feliz por estar falando de Robert, independentemente do que fosse dito.

– Ah! Ele deu uma boa surra nele há um ou dois anos – disse *mademoiselle*. – Foi por causa de uma jovem espanhola, sobre quem Victor pensava ter algum direito. Um dia, ele encontrou Robert conversando com a moça, ou caminhando com ela, ou tomando banho de mar com ela, ou carregando sua cesta, não me lembro o que foi, e se tornou tão ofensivo e abusivo que Robert deu uma surra nele ali mesmo e o manteve relativamente sob controle por algum tempo. Está na hora de outra surra.

– O nome da moça era Mariequita? – Edna perguntou.

– Mariequita, sim, era isso. Mariequita. Eu tinha esquecido. Ah, ela é sonsa e má, essa Mariequita!

Edna olhou para *mademoiselle* Reisz e tentou entender por que passou tanto tempo ouvindo seus comentários venenosos. Por algum motivo, sentia-se deprimida, quase infeliz. Não pretendia entrar na água, mas tinha vestido o traje de banho, e deixou *mademoiselle* sozinha, sentada à sombra da tenda das crianças. A água ficava mais fria com o passar do tempo e da estação. Edna mergulhou e nadou com um abandono que a empolgava e revigorava. Ficou na água por muito tempo, talvez na esperança de que *mademoiselle* Reisz desistisse de esperar por ela.

Mas *mademoiselle* esperou. Foi muito simpática durante o caminho de volta e elogiou muito a aparência de Edna no traje de banho. Ela falou sobre música. Esperava que Edna fosse vê-la na cidade, e escreveu seu endereço com um toco de lápis em um pedaço de cartão que achou no bolso.

– Quando vai embora? – perguntou Edna.

– Na próxima segunda-feira. E você?

– Na semana seguinte – Edna respondeu, e acrescentou: – Foi um verão agradável, não foi, *mademoiselle*?

– Bem – *mademoiselle* Reisz respondeu com um movimento de ombros –, teria sido mais, não fosse pelos mosquitos e pelas gêmeas Farivals.

17

Os Pontelliers tinham uma casa muito agradável na rua Esplanade, em Nova Orleans. Era um chalé duplo, grande, com uma ampla varanda frontal, cujas colunas roliças sustentavam o teto inclinado. A casa era pintada de branco; as venezianas eram verdes. No quintal, que era mantido escrupulosamente limpo, havia flores e plantas de todos os tipos vistos no sul da Louisiana. O interior era perfeito, convencional. Os carpetes e tapetes no chão eram macios; cortinas pesadas e de bom gosto cobriam portas e janelas. Havia quadros muito bem selecionados enfeitando as paredes. Os cristais lapidados, a prata, o damasco pesado que todos os dias eram postos à mesa causavam inveja em muitas mulheres cujos maridos se mostravam menos generosos do que o senhor Pontellier.

O senhor Pontellier gostava muito de andar pela casa examinando seus vários cômodos e detalhes, para ter certeza de que não faltava nada. Valorizava muito seus bens, principalmente porque eram dele, e sentia prazer autêntico ao contemplar uma pintura, uma estatueta, uma cortina de renda rara – não importava o que fosse – depois de ter comprado e colocado esse bem entre seus pertences domésticos.

Nas tardes de terça-feira – a terça era o dia em que a senhora Pontellier recebia –, havia um movimento constante de visitantes – mulheres que chegavam em carruagens ou outro veículo, ou que iam caminhando quando o ar era mais brando e a distância permitia. Um menino mulato, vestido com casaca e segurando uma pequena bandeja de prata para os cartões de visita, as recebia. Uma criada de touca branca oferecia licor, café ou chocolate às visitantes, o que elas preferissem. A senhora Pontellier, exibindo um belo vestido de recepção, permanecia na sala de estar durante toda a tarde, recebendo suas visitantes. Os homens apareciam à noite, às vezes, acompanhados de suas esposas.

Esse era o programa que a senhora Pontellier seguia religiosamente desde o casamento, seis anos atrás. Certas noites, durante a semana, ela e o marido iam à ópera ou ao teatro.

O senhor Pontellier saía de casa de manhã, entre nove e dez horas, e raramente voltava antes das seis e meia ou sete da noite. O jantar era servido às sete e meia.

Ele e a esposa sentaram-se à mesa em uma noite de terça-feira, algumas semanas depois de terem voltado de Grand Isle. Estavam sozinhos. Os meninos tinham sido postos na cama; o barulho de pés descalços podia ser ouvido de vez em quando, bem como a voz da mestiça, alterada em moderado protesto e tentativa de convencimento. A senhora Pontellier não usava o costumeiro vestido de recepção da terça-feira; estava com um vestido simples. O senhor Pontellier, que era observador desses detalhes, notou ao servir-se da sopa e devolvê-la ao menino que os servia.

– Cansada, Edna? Quem recebeu? Muitas visitas? – perguntou. Experimentou a sopa e começou a temperá-la com pimenta, sal, vinagre, mostarda, tudo que estava ao seu alcance.

– Algumas – respondeu Edna, que tomava a sopa com evidente satisfação. – Encontrei os cartões quando cheguei em casa. Eu estava fora.

– Fora! – exclamou o marido, com consternação autêntica, deixando o vinagre sobre a mesa e olhando para ela através dos óculos. – Ora, o que pode ter tirado você de casa na terça-feira? O que teve de fazer?

– Nada. Só senti vontade de sair, e saí.

– Bem, espero que tenha deixado alguma desculpa adequada – disse o marido um pouco mais calmo, acrescentando um toque de pimenta-caiena à sopa.

– Não, saí sem dar explicação. Disse a Joe para informar que eu não estava, só isso.

– Ah, minha cara, pensei que, a essa altura, você já tivesse entendido que as pessoas não fazem essas coisas. Temos de observar *les convenances*, se queremos recebê-las e seguir com a procissão. Se sentiu que precisava sair de casa hoje à tarde, deveria ter deixado uma justificativa razoável para sua ausência. Esta sopa está impossível. É estranho que essa mulher ainda não tenha aprendido a fazer uma sopa decente. Qualquer barraca de almoço gratuito na cidade serve coisa melhor. A senhora Belthrope esteve aqui?

– Traga os cartões, Joe. Não lembro quem esteve aqui.

O menino se retirou e voltou um momento depois com a bandejinha de prata, que estava coberta de cartões de visitas deixados pelas mulheres. Ele entregou a bandeja à senhora Pontellier.

– Entregue ao senhor Pontellier – ela disse.

Joe ofereceu a bandeja ao senhor Pontellier e retirou a sopa.

O senhor Pontellier leu o nome das mulheres que tinham visitado sua esposa, alguns em voz alta e acompanhados de comentários.

– As senhoritas Delasidas. Trabalhei com o pai delas hoje de manhã pelo futuro dessas moças; boas meninas; já deviam ter casado. Senhora Belthrop. Vou lhe dizer uma coisa, Edna: não pode se dar ao luxo de esnobar a senhora Belthrop. Ora, Belthrop poderia nos comprar e vender dez vezes. Os negócios dele valem uma boa quantia para mim. É melhor escrever uma mensagem para ela. Senhora James Highcamp. Ah! Quanto menos se envolver com a senhora Highcamp, melhor. Madame Laforce. Veio de Carrolton, a pobre coitada. Senhora Wiggs, senhora Eleanor Boltons. – Ele deixou os cartões de lado.

– Misericórdia! – exclamou Edna, furiosa. – Por que está levando isso tão a sério e criando um problema?

– Não estou criando nenhum problema. Mas é que esses pequenos detalhes precisam ser levados a sério; essas coisas fazem a diferença.

O peixe estava queimado. O senhor Pontellier nem tocou nele. Edna disse que não se incomodava com o gosto de queimado. O assado não estava do gosto dele, por alguma razão, e ele não gostou de como os vegetais foram servidos.

– Tenho a impressão – disse – de que gastamos dinheiro suficiente nesta casa para garantir ao menos uma refeição diária que um homem possa comer sem perder o respeito por si mesmo.

– Você costumava dizer que a cozinheira era um tesouro – Edna respondeu, com indiferença.

– Talvez fosse, no início. Mas cozinheiras são humanas. Precisam de supervisão, como qualquer outro serviçal. Imagine se eu não supervisionasse os funcionários no escritório, só os deixasse fazer tudo como quisessem. Logo eles teriam criado um grande problema para mim e para os meus negócios.

– Aonde vai? – perguntou Edna, vendo o marido se levantar da mesa sem comer nada, exceto um pouco da sopa cheia de temperos.

– Vou jantar no clube. Boa noite. – Ele se dirigiu ao vestíbulo, pegou o chapéu e a bengala do aparador e saiu.

Ela já conhecia bem essas cenas. Sempre a fizeram muito infeliz. Em algumas poucas ocasiões anteriores, perdera completamente a vontade de terminar de comer. Algumas vezes tinha ido à cozinha para advertir a cozinheira com rigor. Uma vez se retirara para o quarto e passara a noite estudando o livro de receitas, finalmente redigindo um cardápio para a semana, o que havia deixado nela a amarga sensação de não ter feito nada de bom.

Mas, naquela noite, Edna terminou de jantar sozinha, com deliberação forçada. O rosto estava corado, e os olhos ardiam com um fogo interior que os iluminava. Depois de comer, ela foi para o quarto, tendo instruído o menino a informar possíveis visitantes de que estava indisposta.

Era um quarto grande e bonito, rico e pitoresco à luz amena da lamparina acesa pela criada. Ela parou diante da janela e olhou para o jardim exuberante lá embaixo. Todo o mistério e o feitiço da noite pareciam se reunir ali em meio aos perfumes e contornos turvos e tortuosos de flores e folhagens. Ela se buscava e encontrava na penumbra doce que combinava com sua disposição. Mas as vozes que vinham da escuridão, do céu e das estrelas lá no alto não eram relaxantes. Eram debochadas e lembravam notas de lamento sem promessa, vazias até de esperança. Edna voltou ao interior do quarto e começou a andar de um lado para o outro, percorrendo toda a extensão do aposento sem se deter, sem descansar. Carregava nas mãos um lencinho, que rasgou em tiras, enrolou e jogou para longe. Uma vez ela parou, tirou a aliança de casamento e a jogou no tapete. Quando a viu ali no chão, pisou nela com força, tentando esmagá-la. Mas o saltinho não causou nem uma avaria, nem um arranhão no círculo brilhante.

Tomada por um sentimento intenso, pegou um vaso de vidro de cima da mesa e o jogou na lareira. Queria destruir alguma coisa. O barulho do impacto e do vidro se partindo era o que queria ouvir.

Uma criada, alarmada com o estrondo, entrou no quarto e viu o que tinha acontecido.

– Um vaso caiu na lareira – disse Edna. – Não se incomode, deixe isso para amanhã.

– Ah! Mas pode pisar nos cacos e machucar o pé, senhora – insistiu a jovem, pegando os fragmentos espalhados pelo tapete. – E sua aliança está aqui, senhora, embaixo da cadeira.

Edna estendeu a mão, pegou a aliança e a pôs no dedo.

18

Na manhã seguinte, quando saía para ir trabalhar, o senhor Pontellier perguntou se Edna poderia ir encontrá-lo na cidade para ver alguns móveis novos para a biblioteca.

– Não acho que precisamos de móveis novos, Leonce. Não compre nada. Você é muito extravagante. Não acredito que pense em poupar ou fazer reservas.

– O caminho para enriquecer é fazer dinheiro, minha querida Edna, não guardar – ele respondeu. Lamentava que ela não se sentisse propensa a acompanhá-lo e escolher coisas novas. Ele se despediu da esposa com um beijo, disse que ela não parecia estar bem e que deveria se cuidar. Estava pálida e muito quieta.

Quando ele saiu, Edna ficou na varanda da frente e, distraída, pegou alguns ramos de jasmim que cresciam em uma treliça. Inalou o perfume dos botões e os colocou no decote do vestido branco matinal. Os meninos arrastavam pelo banco um pequeno "trem de carga" que tinham enchido com blocos e gravetos. A mestiça os seguia com passinhos contidos, demonstrando pela atividade animação e interesse fictícios. Um vendedor de frutas anunciava seus produtos aos gritos na rua.

Edna olhava para a frente com uma expressão distraída. Não se interessava por nada à sua volta. A rua, os filhos, o vendedor de frutas, as flores crescendo diante de seus olhos, tudo era parte de um mundo estranho que, de repente, se tornara antagônico.

Ela voltou para dentro da casa. Tinha pensado em falar com a cozinheira sobre o jantar da noite passada, mas o senhor Pontellier a havia poupado da desagradável missão, para a qual era pouco preparada. Os argumentos do senhor Pontellier normalmente eram convincentes para aqueles que ele empregava. Ele saiu de casa certo de que, naquela noite, e possivelmente nas próximas, teriam um jantar digno desse nome.

Edna passou uma ou duas horas olhando alguns de seus antigos desenhos. Conseguia ver suas insuficiências e falhas, que eram gritantes a seus olhos. Tentou trabalhar um pouco, mas descobriu que não estava com humor para isso. Finalmente, reuniu alguns desenhos, aqueles que considerava menos ruins, e os levou quando, pouco depois de vestir-se, saiu de casa. Estava bonita e elegante no vestido de rua. O bronzeado do litoral havia desaparecido de seu rosto, e a testa era lisa, branca e brilhante sob a abundante cabeleira castanha amarelada. Havia algumas sardas no rosto, e uma pequena pinta escura perto do lábio inferior e outra na têmpora, meio escondida pelo cabelo.

Edna andava pela rua pensando em Robert. Ainda estava sob efeito daquela paixão. Tinha tentado esquecê-lo, convencida da inutilidade de lembrar. Mas pensar nele era como uma obsessão, sempre presente. Não que pensasse em detalhes do relacionamento ou recordasse a personalidade dele de algum jeito especial ou peculiar; era seu ser, sua existência que dominava cada pensamento, desaparecendo ocasionalmente como se derretesse na névoa do esquecido, revivendo depois com uma intensidade que a enchia de uma melancolia incompreensível.

Edna estava a caminho da casa de madame Ratignolle. A amizade próxima, iniciada em Grand Isle, não havia perdido a intensidade, e elas se viam com alguma frequência desde que retornaram à cidade. Os Ratignolles moravam razoavelmente perto da casa de Edna, na esquina de uma rua secundária, onde o senhor Ratignolle era proprietário e gerente de uma próspera drogaria. O pai havia estado no ramo antes dele, e o senhor Ratignolle tinha uma boa posição na comunidade e invejável reputação de integridade e boa percepção. A família dele morava em confortáveis apartamentos sobre a loja, com uma entrada lateral pelo *porte-cochère*. Havia algo que Edna considerava muito francês, muito estrangeiro, no estilo de vida deles. No grande e agradável salão que se estendia por toda a largura da casa, os Ratignolles recebiam os amigos a cada duas semanas para uma noite musical, às vezes diversificada com um jogo de cartas. Um amigo tocava violoncelo. Outro levava a flauta, e outro, um violino, enquanto alguns cantavam e vários tocavam piano com graus variados de gosto e agilidade. As *soirées musicales* dos Ratignolles eram muito conhecidas, e ser convidado para uma delas era considerado um privilégio.

Edna encontrou a amiga separando as roupas que tinham retornado da lavanderia naquela manhã. Ela abandonou imediatamente a ocupação ao ver Edna, que tinha sido levada à sua presença sem nenhuma cerimônia.

– Cite pode cuidar disso com a mesma eficiência; é trabalho dela, na verdade – disse a Edna, que se desculpou por interromper a atividade.

Depois chamou uma jovem negra, que orientou, em francês, a verificar com muito cuidado os itens da lista que tinha recebido. Disse para dar especial atenção a um lenço finíssimo do senhor Ratignolle, que não tinha sido devolvido na semana anterior, e separar as peças que precisavam de conserto.

Em seguida passou um braço em torno da cintura de Edna e a levou à frente da casa, para o salão, onde o ar era fresco e perfumado pelas rosas em vasos dispostos sobre a lareira.

Madame Ratignolle parecia mais linda que nunca em sua casa, em um penhoar que deixava os braços quase completamente à mostra e expunha as curvas ricas e fluidas do pescoço branco.

– Talvez um dia eu possa pintar seu retrato – Edna disse sorrindo quando sentaram. Pegou o rolo de desenhos e começou a abri-los. – Creio que devo voltar a trabalhar. Sinto que queria estar fazendo alguma coisa. O que acha deles? Acredita que vale a pena retomá-los e estudar um pouco mais? Posso estudar com Laidpore.

Sabia que a opinião de madame Ratignolle sobre isso seria quase imprestável, que ela mesma já havia decidido e, mais que isso, estava determinada; mas buscava as palavras de elogio e incentivo que a ajudariam a colocar o coração na empreitada.

– Seu talento é imenso, querida!

– Bobagem! – Edna protestou, satisfeita.

– Imenso, estou dizendo – insistiu madame Ratignolle, olhando os desenhos um a um, de perto, depois de longe, com o braço esticado e os olhos um pouco fechados, inclinando a cabeça para um lado. – Este camponês bávaro é digno de uma moldura, certamente; e esta cesta de maçãs! Nunca vi nada mais parecido com o objeto real. Chega-se quase a querer pegar uma delas.

Edna não conseguia controlar um sentimento que beirava a complacência pelos elogios da amiga, mesmo percebendo, como percebia, seu real valor. Separou alguns desenhos e entregou todos os outros a madame

Ratignolle, que apreciou o presente muito além de seu valor e o exibiu ao marido quando ele subiu da loja um pouco mais tarde para o almoço.

O senhor Ratignolle era um dos homens chamados de o sal da terra. Sua alegria era ilimitada e equiparável à sua bondade, caridade e ao senso comum. Ele e a esposa falavam inglês com um sotaque discernível apenas na ênfase nada britânica e no cuidado, na deliberação. O marido de Edna falava inglês sem nenhum sotaque. Os Ratignolles se entendiam perfeitamente. Se alguma vez a fusão de dois seres humanos em um foi conquistada nesta esfera, certamente foi pela união desses dois.

Sentada à mesa com eles, Edna pensou: "Melhor uma refeição de vegetais", mas não demorou muito para descobrir que não era uma refeição de vegetais, mas um delicioso repasto, simples, selecionado e satisfatório em todos os sentidos.

O senhor Ratignolle ficou muito feliz ao vê-la, embora achasse que não parecia estar tão bem quanto em Grand Isle e receitasse um tônico. Ele falou muito sobre diversos assuntos, um pouco de política, um pouco a respeito das notícias da cidade e fofocas da vizinhança. Falava com uma animação e uma franqueza que davam importância exagerada a cada sílaba que pronunciava. A esposa demonstrava grande interesse por tudo que ele dizia, deixando o garfo sobre o prato para ouvir melhor, participar, completar as frases que ele começava.

Quando foi embora, Edna se sentia deprimida, em vez de relaxada. O vislumbre de harmonia doméstica apresentado a ela não provocou pesar nem melancolia. Não era uma condição de vida que servisse para ela, e não conseguia ver mais que pavoroso e inevitável tédio nessa situação. Sentia uma certa pena de madame Ratignolle – piedade pela existência sem cores que nunca elevava aquele que a vivia além da região do contentamento cego, em que nenhum momento de angústia jamais visitava sua alma, em que ela nunca teria o gosto do delírio da vida. Edna se perguntava vagamente o que queria dizer com "delírio da vida". A expressão passou por sua cabeça como uma ideia espontânea, estranha.

19

Edna não podia deixar de pensar que tinha sido muito tolo e infantil pisar na aliança de casamento e quebrar o vaso de cristal. Não teve novas explosões que a induzissem a atitudes tão inúteis. Começou a fazer o que queria e pensar como queria. Abandonou completamente as terças-feiras em casa e não retribuía as visitas daquelas que iam procurá-la. Não fazia esforços ineficientes para conduzir a casa *en bonne menagere*, indo e vindo como bem entendia e, até onde era possível, dedicando-se a todo capricho passageiro.

O senhor Pontellier tinha sido um marido gentil, enquanto percebia na esposa alguma submissão tácita. Mas sua nova e inesperada linha de comportamento o deixava completamente perplexo. Chocado. E a absoluta falta de consideração com os deveres de esposa o enfureceram. Quando o senhor Pontellier se tornou grosseiro, Edna adotou a insolência. Tinha decidido nunca recuar outro passo.

– Considero uma grande tolice que uma mulher no comando de sua casa, mãe, dedique a um ateliê os dias que seriam mais bem empregados na busca pelo conforto de sua família.

– Quero pintar – respondeu Edna. – Talvez essa vontade não dure para sempre.

– Então, pinte, por Deus! Mas não deixe a família entregue ao diabo. Veja madame Ratignolle: ela se dedica à música, mas nem por isso deixa todo o resto mergulhar no caos. E ela é mais musicista do que você é pintora.

– Ela não é musicista, e eu não sou pintora. Não é pela pintura que abandono as outras coisas.

– Por que é, então?

– Ah! Não sei. Deixe-me em paz, você me aborrece.

Às vezes o senhor Pontellier se perguntava se a esposa não estava perdendo o equilíbrio mental. Via claramente que ela não era mais a mesma. Isto é, não conseguia enxergar que ela se tornava ela mesma e abandonava a personalidade fictícia que tinha assumido como uma roupa na qual se apresentar ao mundo.

O marido a deixou em paz, como ela pediu, e foi para o escritório. Edna subiu para o ateliê – um aposento iluminado no andar mais alto da casa. Estava trabalhando com grande energia e interesse, mas sem realizar nada que a contentasse, mesmo que bem pouco. Por um tempo, manteve todos na casa a serviço da arte. Os meninos posavam para ela. No início achavam divertido, mas logo a ocupação deixou de ser interessante, quando eles perceberam que não era uma brincadeira planejada especialmente para entretê-los. A mestiça passava horas sentada diante da paleta de Edna, paciente como uma selvagem, enquanto a camareira cuidava das crianças e a sala de estar acumulava pó por falta de limpeza. Mas a camareira também teve seu tempo de modelo quando Edna percebeu que as costas e os ombros da jovem tinham linhas clássicas e que o cabelo, livre da touca que o confinava, tornava-se uma inspiração. Enquanto trabalhava, Edna às vezes cantava baixinho: *"Ah! Si tu savais!"*.

Isso a enchia de lembranças. Podia ouvir novamente o ruído da água, a vela tremulando. Via o brilho da lua sobre a baía e sentia a brisa mansa batendo o vento quente do sul. Uma repentina corrente de desejo percorreu seu corpo, enfraquecendo o controle sobre as pinceladas e fazendo arder os olhos.

Havia dias em que se sentia muito feliz sem saber por quê. Ficava feliz por estar viva e respirando, quando todo o seu ser parecia estar unido à luz do sol, à cor, aos odores, ao calor luxuriante de um perfeito dia no sul. Nessas ocasiões, gostava de vagar sozinha por lugares estranhos e desconhecidos. Descobria muitos recantos ensolarados, sonolentos, propícios para sonhar. E achava bom sonhar e ficar sozinha sem ser incomodada.

Havia dias em que ficava infeliz, não sabia o porquê – quando não valia a pena ficar contente ou triste, estar viva ou morta; quando via a vida como um grotesco pandemônio, e a humanidade, como vermes se debatendo às cegas rumo à inevitável aniquilação. Em dias assim, não conseguia trabalhar nem criar fantasias para acelerar a pulsação e aquecer o sangue.

20

Foi durante um desses humores que Edna foi procurar *mademoiselle* Reisz. Não havia esquecido a impressão desagradável deixada pela última conversa com ela, mas ainda assim sentia vontade de vê-la – acima de tudo, de ouvi-la ao piano. Saiu no início da tarde para ir visitar a pianista. Infelizmente, tinha perdido o cartão de *mademoiselle* Reisz, ou esquecido onde o havia guardado, e, ao procurar seu endereço no catálogo da cidade, descobriu que a mulher morava na rua Bienville, a uma distância considerável. Mas o catálogo consultado tinha um ano ou mais, e, ao chegar ao local indicado, Edna descobriu que a casa era ocupada por uma respeitável família de mulatos que tinha *chambres garnies* para alugar. Eles moravam lá há seis meses e não sabiam absolutamente nada de *mademoiselle* Reisz. Na verdade, não sabiam nada sobre nenhum dos vizinhos; seus inquilinos eram todos da mais elevada distinção, garantiram a Edna. Ela não ficou para discutir distinções de classe com madame Pouponne e dirigiu-se apressada a um mercado de alimentos no bairro, certa de que *mademoiselle* teria deixado seu endereço com o proprietário.

Ele conhecia *mademoiselle* Reisz muito mais do que gostaria, respondeu quando ela fez a pergunta. Na verdade, não queria tê-la conhecido e não queria saber nada que tivesse a ver com ela – a mulher mais desagradável e impopular que jamais havia morado na rua Bienville. Agradecia aos céus por ela ter deixado a vizinhança, e sentia-se igualmente grato por não saber para onde a mulher tinha ido.

A vontade de ver *mademoiselle* Reisz era dez vez maior em Edna depois do surgimento desses obstáculos. Ela se perguntava quem poderia dar a informação que buscava, quando de repente se deu conta de que a pessoa mais indicada para isso seria madame Lebrun. Sabia que era inútil perguntar a madame Ratignolle, cuja relação com a musicista era muito distante, e que preferia não saber nada relacionado a ela. Certa vez, ela havia sido quase tão enfática quanto o dono do mercado ao se manifestar sobre o assunto.

Edna sabia que madame Lebrun tinha voltado à cidade, porque era meio de novembro. E também sabia onde os Lebruns moravam, na rua Chartres.

Por fora, a casa deles parecia uma prisão, com grades de ferro na frente da porta e das janelas do andar de baixo. As grades eram uma relíquia do antigo regime, e ninguém jamais havia pensado em removê-las. De um lado, uma cerca alta delimitava o jardim. Um portão para a rua estava trancado. Edna tocou a campainha no portão desse jardim lateral e ficou parada no degrau, esperando que alguém a recebesse.

Foi Victor quem abriu o portão para ela. Uma mulher negra o seguiu limpando as mãos no avental. Antes de vê-los, Edna ouviu a discussão – a mulher lutando pelo direito de cumprir suas tarefas, como abrir a porta, por exemplo.

Victor ficou surpreso e encantado quando viu a senhora Pontellier e nem tentou esconder o espanto ou a alegria. Ele era um rapaz moreno e bonito de dezenove anos, muito parecido com a mãe, mas com uma impetuosidade dez vezes maior que a dela. Instruiu a mulher negra a entrar imediatamente e avisar madame Lebrun de que a senhora Pontellier desejava vê-la. A mulher resmungou, recusando-se a cumprir parte de seu dever, quando não tivera o direito de cumpri-la integralmente, e se virou para voltar a molhar o jardim, trabalho que fazia antes de ser interrompida. Victor a advertiu com uma enxurrada de ofensas, discurso que, por sua rapidez e incoerência, Edna não conseguiu entender. Mas a reprimenda devia ter sido convincente, porque a mulher largou a mangueira e entrou na casa resmungando.

Edna não queria entrar. Estava muito agradável na varanda, onde havia cadeiras, uma espreguiçadeira de vime e uma mesinha. Ela sentou, porque estava cansada da longa caminhada, e começou a se balançar suavemente, protegida pela sombrinha de seda. Victor puxou uma cadeira para perto dela. Explicou imediatamente que a conduta ofensiva da mulher negra era resultado de um treinamento imperfeito, porque ele não estava presente para assumir essa responsabilidade. Havia voltado da ilha na manhã anterior e esperava voltar para lá no dia seguinte. Passava todo o inverno na ilha; morava lá e mantinha o lugar em ordem e tudo preparado para os visitantes de verão.

Mas um homem precisava relaxar de vez em quando, disse à senhora Pontellier, e vez ou outra ele encontrava um pretexto que o trazia à cidade. Ah! Mas como se divertira na noite anterior! Não queria que a mãe soubesse, e baixou a voz para um sussurro. Vibrava com as lembranças. É claro, não podia nem pensar em contar tudo à senhora Pontellier, que era uma mulher e não compreendia essas coisas. Mas tudo havia começado com uma garota espiando e sorrindo para ele pela janela quando passava. Uma beldade! Victor havia retribuído o sorriso e parado para conversar com ela. A senhora Pontellier não o conhecia, se achava que deixaria escapar uma oportunidade como essa. A moça o divertia. Talvez tivesse traído no olhar algum grau de interesse. O rapaz se tornara mais ousado, e em pouco tempo a senhora Pontellier poderia ter acabado ouvindo um relato altamente colorido, não fosse pela oportuna aparição de madame Lebrun.

A mulher ainda estava vestida de branco, seguindo seu costume de verão. Os olhos brilharam em uma acolhida entusiasmada. A senhora Pontellier não queria entrar? Não queria beber ou comer alguma coisa? Por que não tinha vindo antes? Como estavam o querido senhor Pontellier e aquelas crianças adoráveis? A senhora Pontellier já tinha visto outro novembro tão quente?

Victor se acomodou na espreguiçadeira atrás da cadeira da mãe, de onde podia ver o rosto de Edna. Havia tirado a sombrinha de suas mãos enquanto falava com ela, e agora a rodava sobre sua cabeça, deitado de costas. Madame Lebrun reclamou de quanto era aborrecido voltar à cidade; disse que agora encontrava pouca gente; que até Victor, quando vinha da ilha por um ou dois dias, tinha muito com que se ocupar e a que dedicar seu tempo; o rapaz se contorceu na espreguiçadeira e piscou, malicioso, para Edna. De algum jeito, ela se sentia cúmplice de um crime e tentou parecer séria e desaprovadora.

Robert tinha enviado duas cartas com poucas informações, eles contaram. Victor disse que realmente não valia a pena entrar para ir buscar as cartas, quando a mãe tentou convencê-lo a ir pegá-las. Lembrava-se do conteúdo de cada uma, que recitou muito desinteressado quando posto à prova.

Uma carta foi enviada de Vera Cruz, e a outra, da Cidade do México. Ele havia encontrado Montel, que fazia tudo para ajudá-lo. Até então, a situação financeira não era melhor do que aquela deixada em Nova Orleans, mas as perspectivas eram muito melhores, claro. Ele descreveu a Cidade do México, as construções, as pessoas e seus hábitos, as condições de vida que encontrou lá. Mandava todo o seu amor para a família. Enviou junto um cheque para a mãe e pediu para ela mandar lembranças carinhosas a todos os seus amigos. Isso resumia o conteúdo das duas cartas. Edna sentia que, se houvesse algum recado para ela, já o teria recebido. A disposição desanimada com que havia saído de casa voltou a dominá-la, o que a fez lembrar que queria encontrar *mademoiselle* Reisz.

Madame Lebrun sabia onde *mademoiselle* Reisz morava. Deu o endereço a Edna, lamentando que ela não aceitasse ficar e passar o resto da tarde, deixando a visita a *mademoiselle* Reisz para outro dia. A tarde já ia bem avançada.

Victor a acompanhou até o portão, levantou a sombrinha e a segurou sobre a cabeça dela, enquanto a conduzia até o carro. Pediu a ela para lembrar que as revelações feitas nessa tarde eram estritamente confidenciais. Edna riu e fez uma piada qualquer, lembrando, tarde demais, que deveria se comportar de maneira digna e reservada.

– Como estava bonita a senhora Pontellier! – madame Lebrun disse ao filho.

– Estonteante! – ele admitiu. – O clima da cidade é melhor para ela. De algum jeito, nem parece a mesma mulher.

21

Algumas pessoas dizem que *mademoiselle* Reisz sempre escolhe apartamentos no último andar para desencorajar pedintes, ambulantes e visitantes. Havia muitas janelas em sua salinha da frente. A maioria suja, mas estavam quase sempre abertas, então não fazia grande diferença. Deixavam entrar na sala grande quantidade de fumaça e fuligem, mas, ao mesmo tempo, toda a luz e todo o ar que passavam por elas. Das janelas era possível ver a curva do rio, os mastros de embarcações e as grandes chaminés dos vapores no Mississippi. Um piano magnífico ocupava boa parte do espaço do apartamento. Ela dormia no aposento vizinho, e no terceiro cômodo mantinha um fogão a gasolina em que preparava suas refeições, quando não se sentia propensa a descer para ir a um restaurante próximo. Também era ali que ela comia, mantendo suas coisas em um antigo e raro bufê, castigado e manchado por uma centena de anos de uso.

Quando bateu à porta da frente de *mademoiselle* Reisz e entrou, Edna a encontrou sentada ao lado da janela, remendando ou costurando uma polaina de um pesado tecido de lã cor de ameixa. A musicista riu ao vê-la. O riso era uma contorção do rosto e de todos os músculos do corpo. Ela parecia incrivelmente sem graça, à luz vespertina. Ainda usava o arranjo de renda barata e violetas artificiais de um lado da cabeça.

– Então, finalmente se lembrou de mim – disse *mademoiselle*. – Já estava dizendo a mim mesma que você nunca viria.

– Queria que eu viesse? – Edna perguntou, sorrindo.

– Não pensei muito nisso – respondeu *mademoiselle*. As duas tinham sentado em um sofazinho cheio de calombos encostado na parede. – Mas estou feliz por ter vindo. Tenho água fervendo, ia mesmo preparar café. Beba uma xícara comigo. E como está *la belle dame*? Sempre bonita! Sempre saudável! Sempre contente! – Ela segurou a mão de Edna entre os dedos fortes e finos, sem nenhum calor, executando uma espécie de aperto duplo, no dorso e na palma.

– Sim – prosseguiu –, algumas vezes pensei: "Ela nunca virá. Prometeu como sempre fazem aquelas mulheres da sociedade, não falava a sério. Ela não virá". Porque não acredito que goste de mim, senhora Pontellier.

– Não sei se gosto ou não de você – Edna respondeu, olhando para a mulherzinha com ar intrigado.

A sinceridade da resposta da senhora Pontellier agradou muito *mademoiselle* Reisz. Ela demonstrou sua satisfação dirigindo-se prontamente ao cômodo onde ficava o fogão a gasolina e recompensando a visitante com a prometida xícara de café. Edna achou bem aceitáveis o café e o biscoito que o acompanhava. Tinha recusado o lanche na casa de madame Lebrun, e agora começava a sentir fome. *Mademoiselle* deixou a bandeja sobre uma mesinha ao alcance da mão e voltou a se sentar no sofá.

– Recebi uma carta de seu amigo – ela comentou, enquanto servia um pouco de creme na xícara de Edna.

– Meu amigo?

– Sim, seu amigo Robert. Ele escreveu para mim da Cidade do México.

– Escreveu para *você*? – Edna reagiu perplexa, mexendo o café, distraída.

– Sim, para mim. Por que não? Não mexa tanto, vai esfriar o café. Beba. Porém, a carta poderia ter sido enviada a você. Não tem nada além de senhora Pontellier do início ao fim.

– Posso ver? – a jovem pediu, incisiva.

– Não. Uma carta diz respeito apenas à pessoa que a escreve e à outra, que a recebe.

– Não acabou de dizer que ela fala de mim do começo ao fim?

– Foi escrita sobre você, não para você. "Por acaso, tem visto a senhora Pontellier? Como ela está?", ele pergunta. "Como diz a senhora Pontellier", ou "como a senhora Pontellier me disse uma vez". "Se a senhora Pontellier for visitá-la, toque para ela o *Impromptu* de Chopin, meu favorito. Ouvi há um ou dois dias, mas não como você o toca. Gostaria de saber como ela vai reagir", e assim por diante, como se acreditasse que nos encontramos constantemente.

– Deixe-me ver a carta.

– Ah, não.

– Já respondeu? Deixe-me ver a carta.

– Não, e não de novo.

– Então, toque o *Impromptu* para mim.

– Está ficando tarde. Que horas tem de ir para casa?

– Não me importo com o tempo. Sua pergunta soa um pouco rude. Toque o *Impromptu*.

– Mas não me contou nada sobre você. O que tem feito?

– Pintado! – Edna riu. – Estou me tornando uma artista. Imagine só!

– Ah! Uma artista. Tem pretensões, madame.

– Por que pretensões? Acha que não posso me tornar uma artista?

– Não a conheço o suficiente para dizer. Não conheço nem seu talento nem seu temperamento. Ser artista envolve muitas coisas; é preciso ter muitos dons, dons absolutos, que não se adquirem pelo esforço. Além disso, para ter sucesso, o artista precisa ter a alma corajosa.

– Como assim, alma corajosa?

– Corajosa, *ma foi*! Uma alma brava. A alma que se atreve e desafia.

– Mostre-me a carta e toque o *Impromptu* para mim. Como vê, tenho persistência. Essa qualidade vale de alguma coisa na arte?

– Vale para uma velha tola que você conquistou – respondeu *mademoiselle*, com sua risada sacolejante.

A carta estava bem ali, na gaveta da mesinha sobre a qual Edna havia acabado de deixar sua xícara de café. *Mademoiselle* abriu a gaveta e pegou a carta, que estava por cima de tudo. Colocou-a nas mãos de Edna e, sem dizer mais nada, levantou e se dirigiu ao piano.

Mademoiselle tocou um suave interlúdio. Estava improvisando. Estava sentada sem muito cuidado, e as linhas de seu corpo formavam curvas nada graciosas e ângulos que criavam uma aparência de deformidade. Aos poucos, imperceptivelmente, o interlúdio se transformou nos suaves acordes de abertura do *Impromptu* de Chopin.

Edna não saberia dizer quando o *Impromptu* começou ou terminou. Estava sentada no canto do sofá, lendo a carta de Robert à luz cada vez mais fraca. *Mademoiselle* passou de Chopin para as trêmulas notas de amor da canção de *Isolda* e voltou ao *Impromptu* com sua melancolia emocionada, pungente.

As sombras se aprofundavam na salinha. A música se tornava estranha e fantástica – turbulenta, insistente, chorosa e suavemente envolvente. As sombras se aprofundaram mais. A música enchia a sala. Flutuava para a noite lá fora, por sobre os telhados, a curva do rio, perdendo-se no silêncio do ar mais elevado.

Edna soluçava, como havia chorado certa noite em Grand Isle, quando vozes novas e estranhas despertaram nela. Levantou agitada para partir.

– Posso voltar, *mademoiselle*? – perguntou da soleira.

– Venha sempre que quiser. Tome cuidado; a escada e o corredor estão escuros. Não vá cair.

Mademoiselle acendeu uma vela. A carta de Robert estava no chão. Ela se abaixou para pegá-la. Estava amassada e molhada pelas lágrimas. *Mademoiselle* alisou o papel, devolveu a carta ao envelope e o guardou na gaveta da mesinha.

22

Certa manhã, a caminho da cidade, o senhor Pontellier parou na casa do velho amigo e médico da família, doutor Mandelet. O médico estava parcialmente aposentado, repousando, como diz o ditado, sobre seus louros. Era mais conhecido pela sabedoria do que pela habilidade – deixando a prática da medicina para seus assistentes e colegas mais jovens – e era muito procurado para consultas. Algumas famílias, unidas a ele por laços de amizade, ainda eram atendidas pessoalmente quando solicitavam os serviços de um médico. Os Pontelliers estavam entre elas.

O senhor Pontellier encontrou o médico lendo ao lado da janela aberta de seu escritório. A casa ficava bem afastada da rua, no centro de um jardim encantador, de forma que o local ao lado da janela do escritório do velho cavalheiro era silencioso e tranquilo. Ele era um grande leitor. Olhou desaprovador por cima dos óculos quando o senhor Pontellier entrou, tentando descobrir quem tinha a temeridade de incomodá-lo àquela hora da manhã.

– Ah, Pontellier! Espero que não esteja doente. Venha, sente-se. Que notícias traz nesta manhã? – Ele era barrigudo, tinha cabelos grisalhos e olhos azuis cujo brilho a idade roubara, mas ainda eram penetrantes.

– Ah, eu nunca fico doente, doutor. Sabe que sou de fibra resistente, daquela antiga raça crioula dos Pontelliers que secou e, finalmente, desapareceu. Vim fazer uma consulta... não, não é exatamente uma consulta... vim falar sobre Edna. Não sei o que ela tem.

– Madame Pontellier não está bem – deduz o doutor. – Mas eu a vi há uma semana, acho, andando pela rua Canal, e me pareceu a imagem da saúde.

– Sim, sim. Ela aparenta estar muito bem – concordou o senhor Pontellier, inclinando-se para a frente e girando a bengala entre as mãos –, mas não se comporta como se estivesse bem. Está estranha, diferente. Não consigo entendê-la, e achei que talvez você pudesse me ajudar.

– Como ela se comporta?

– Bem, não é fácil explicar – confessou o senhor Pontellier, inclinando-se para trás na cadeira. – Ela abandona inteiramente os cuidados com a casa.

– Ora, ora; nem todas as mulheres são iguais, meu caro Pontellier. Temos que considerar...

– Eu sei disso. Falei que não conseguia explicar. Toda a atitude dela mudou comigo, com todo mundo, com tudo. Sabe que tenho um temperamento explosivo, mas não quero discutir ou ser rude com uma mulher, especialmente minha esposa; mas sou levado a isso, e me sinto muito mal depois de fazer papel de idiota. Ela está tornando tudo isso muito incômodo para mim – continuou com nervosismo. – Ela meteu na cabeça algum tipo de ideia relacionada aos direitos eternos das mulheres; e você entende, nos encontramos de manhã, à mesa do desjejum.

O velho cavalheiro levantou as sobrancelhas, projetou o lábio inferior e batucou nos braços da cadeira com os dedos.

– O que tem feito a ela, Pontellier?

– Eu! *Parbleu!*

O médico perguntou sorrindo:

– Ela tem se associado ultimamente com um círculo de mulheres pseudointelectuais, seres superiores superespirituais? Minha esposa tem me falado sobre isso.

– Esse é o problema – retrucou o senhor Pontellier. – Ela não tem se associado a ninguém. Abandonou as terças-feiras em casa, afastou-se de todas as conhecidas e anda por aí sozinha, usando o serviço de bondes e chegando em casa depois que já anoiteceu. Ela está estranha. Não gosto disso; estou um pouco preocupado.

Esse era um aspecto novo para o médico.

– Nada hereditário? – ele perguntou, sério. – Nada peculiar nos antecedentes familiares dela, não é?

– Ah, não, nada! Ela é descendente de firmes e antigos presbiterianos do Kentucky. O cavalheiro pai dela, ouvi dizer, costumava amenizar os pecados dos dias úteis com as devoções dominicais. Sei que as corridas de cavalo literalmente levaram a extensão de terra fértil mais linda que jamais vi no Kentucky. Margaret, você conhece Margaret, ela tem todo o presbiterianismo puro. E a mais nova é uma megera. Aliás, ela se casa em duas semanas.

– Mande sua esposa para o casamento – sugeriu o médico, antevendo uma solução feliz. – Deixe que passe um tempo com a gente dela; vai fazer bem a ela.

– É o que quero que ela faça. Ela não vai ao casamento. Diz que um casamento é um dos mais lamentáveis espetáculos da terra. Que bela coisa para dizer ao marido! – o senhor Pontellier exclamou, novamente furioso.

– Pontellier – disse o médico, depois de um momento de reflexão –, deixe sua esposa em paz por um tempo. Não a incomode e não permita que ela o incomode. Mulher, meu querido amigo, é um organismo muito peculiar e delicado. Uma mulher sensível e organizada, como sei que é a senhora Pontellier, é especialmente peculiar. Seria necessário um psicólogo inspirado para lidar com elas e ter algum sucesso. E, quando sujeitos comuns como você e eu tentam resolver suas peculiaridades, o resultado é catastrófico. A maioria das mulheres é temperamental e caprichosa. Esse é um capricho passageiro de sua esposa, devido a alguma causa ou causas que você e eu não precisamos tentar desvendar. Mas vai passar, principalmente se a deixar em paz. Mande-a vir falar comigo.

– Ah, não posso. Não teria motivo para isso.

– Então, eu vou visitá-la – decidiu o doutor. – Apareço para jantar uma noite dessas, *bon ami*.

– Ótimo! Faça isso. Quando quer ir? Quinta-feira, digamos. Pode ir na quinta? – ele perguntou, levantando-se para ir embora.

– Muito bem, quinta-feira. Minha esposa pode ter marcado algum compromisso para mim na quinta. Nesse caso, eu aviso. Caso contrário, pode me esperar.

Antes de sair, o senhor Pontellier disse:

– Vou a Nova York em breve para tratar de negócios. Tenho uma grande possibilidade em mãos e quero estar no lugar certo para manejar as cordas e os fios. Posso colocá-lo a par das condições, se quiser, doutor – ele riu.

– Não, obrigado, meu caro – respondeu o médico. – Deixo essas empreitadas para vocês, homens mais jovens com a febre da vida ainda no sangue.

– O que eu queria dizer – prosseguiu o senhor Pontellier, com a mão na maçaneta –, é que posso ter de me ausentar por um tempo. Acha que devo levar Edna comigo?

– Sim, se ela quiser ir. Se não, deixe-a aqui. Não a contradiga. Isso vai passar, garanto. Pode demorar um, dois, três meses, talvez mais, mas vai passar. Tenha paciência.

– Bem, até logo, *a jeudi* – disse o senhor Pontellier, e saiu.

Durante a conversa, o médico gostaria de ter perguntado: "Tem algum homem nessa história?" Mas conhecia seu crioulo bem demais para ser tão direto.

Não voltou ao livro imediatamente. Continuou ali sentado e quieto, olhando pensativo para o jardim.

23

O pai de Edna estava na cidade, e já fazia alguns dias. Ela não era muito próxima nem profundamente ligada a ele, mas tinham certos gostos em comum e entendiam-se bem quando estavam juntos. Sua chegada podia ser descrita como uma perturbação bem-vinda; era como se desse uma nova direção às suas emoções.

Ele estava ali para comprar um presente de casamento para a filha, Janet, e um traje para se apresentar com decência na cerimônia. O senhor Pontellier escolheu o presente de casamento, pois todos ligados a ele sempre contavam com seu bom gosto para essas questões. E suas sugestões quanto ao traje – que muitas vezes assume a proporção de um problema – foram de valor inestimável para o sogro. Mas, nos últimos dias, o cavalheiro convivia muito com Edna, e na companhia do pai ela começava a descobrir um novo conjunto de sensações. Ele fora coronel no Exército Confederado e ainda mantinha, com o título, o porte militar que sempre o acompanhava. Cabelos e bigodes eram brancos e sedosos, enfatizando o bronzeado do rosto. Ele era alto e magro e usava casacos com enchimento, criando uma ilusão de largura e profundidade nos ombros e no peito. Edna e o pai pareciam muito distintos juntos e chamavam muita atenção por onde passavam. Por ocasião de sua chegada, ela o levou ao ateliê e fez um desenho dele. O pai tratou o assunto com muita seriedade. Se seu talento fosse dez vezes maior do que era, não o teria surpreendido, convencido que estava de ter transmitido a todas as filhas a semente da capacidade magistral, que só dependia de esforço para ser desenvolvida em realização bem-sucedida.

Ficou sentado e imóvel diante do lápis de Edna, como havia enfrentado os canhões no passado. Ressentia-se contra a intromissão das crianças, que o fitavam com olhos arregalados e cheios de espanto ao vê-lo ali sentado todo rígido no ateliê iluminado da mãe delas. Quando os meninos se aproximavam, ele os afastava com um movimento imperioso do pé, odiando perturbar as linhas fixadas de sua postura, os braços, os ombros rígidos.

Ansiosa por entretê-lo, Edna convidou *mademoiselle* Reisz para conhecê-lo, depois de prometer a ele uma excelente apresentação ao piano; mas *mademoiselle* recusou o convite. Então, eles foram juntos a uma *soirée musicale* na casa dos Ratignolles. O senhor e a madame Ratignolle receberam muito bem o coronel, dando a ele status de convidado de honra e convidando-o imediatamente para o jantar no domingo seguinte, ou em qualquer dia que escolhesse. Madame o cobriu de atenção da maneira mais cativante e pura, com olhares, gestos e uma profusão de elogios, até o coronel sentir sua velha cabeça trinta anos mais jovem sobre os ombros aumentados com enchimentos. Edna admirava esse comportamento, mas não o compreendia. Não havia nela a menor capacidade para adulação.

Havia uns dois homens na *soirée musicale* que chamaram sua atenção, mas nunca se sentiria impelida a fazer charme para atrair seus olhares, jamais faria nada de sedutor para se exibir. A personalidade desses homens a agradava, e foi uma alegria quando, em um intervalo entre as apresentações musicais, tiveram a oportunidade de conhecê-la e conversar com ela. Muitas vezes, na rua, o olhar de um ou outro desconhecido tinha permanecido em sua memória, e às vezes isso a perturbara.

O senhor Pontellier não comparecia a essas *soirées musicales*. Ele as considerava burguesas demais e encontrava mais diversão no clube. Para madame Ratignolle, ele disse que a música apresentada em suas *soirées* era muito "pesada", muito além de sua compreensão destreinada. Ela considerou a justificativa um elogio. Mas desaprovava o clube do senhor Pontellier e era franca o suficiente para dizer isso a Edna.

– É uma pena que o senhor Pontellier não passe mais noites em casa. Creio que vocês seriam mais... bem, se não se importa por eu dizer, mais unidos.

– Ah! Céus, não! – Edna respondeu, com um olhar inexpressivo. – O que eu faria se ele ficasse em casa? Não teríamos nada a dizer um ao outro.

Não tinha muito a dizer ao pai, na verdade; mas ele não a tratava como um antagonista. Descobria que o julgava interessante, embora percebesse que esse interesse poderia não ser duradouro; e, pela primeira vez na vida, sentia uma forte ligação com ele. O pai a mantinha ocupada, servindo-o e atendendo a suas necessidades. Isso a divertia. Não permitia que os criados ou um dos filhos fizesse por ele nada que ela mesma pudesse fazer. O marido percebeu, e pensou que essa era uma expressão de profunda ligação filial de que jamais teria suspeitado.

O coronel bebia várias doses de bebida alcoólica aquecida com água e açúcar durante o dia, mas não se via nele nenhum efeito. Era um especialista em preparar drinques fortes. Tinha até inventado alguns, aos quais dava nomes fantásticos e para cujo preparo requeria ingredientes variados, que encarregava Edna de providenciar.

Quando o doutor Mandelet foi jantar com os Pontelliers na quinta-feira, não identificou na senhora Pontellier nenhum sinal da condição preocupante que o marido havia relatado a ele. Ela estava animada, radiante. Tinha acompanhado o pai à pista de corrida, e, quando se sentaram à mesa, ambos ainda pensavam e falavam sobre os acontecimentos daquela tarde. O médico não acompanhava esses assuntos. Tinha certas recordações de corridas no que chamava de "os bons e velhos tempos", quando os estábulos de Lecompte prosperavam, e recorreu a esse banco de memórias para não ficar excluído e não parecer totalmente desprovido do espírito moderno. Mas não conseguiu convencer o coronel e o impressionou ainda menos com seus conhecimentos ultrapassados dos velhos tempos. Edna tinha acompanhado o pai em sua última aventura, com os mais gratificantes resultados para ambos. Além disso, haviam conhecido pessoas encantadoras, de acordo com as impressões do coronel. A senhora Mortimer Merriman e a senhora James Highcamp, que estavam lá com Alcee Arobin, juntaram-se a eles e animaram o momento de um jeito que ele ainda lembrava com entusiasmo.

O senhor Pontellier não tinha o menor interesse em corridas de cavalos e era ainda mais propenso a desestimular essa atividade como um passatempo, especialmente quando considerava o destino daquela fazenda em Kentucky. Pretendia, de maneira geral, manifestar uma desaprovação específica e só conseguiu despertar a ira e a oposição do sogro. Seguiu-se uma discussão acirrada em que Edna defendeu com empenho a causa do pai, e o médico se manteve neutro.

Ele observava a anfitriã com atenção e notou uma mudança sutil que a transformou da mulher sem energia que havia conhecido em alguém que, naquele momento, parecia palpitante com as forças da vida. Seu discurso era acalorado e enérgico. Olhar e gestos não eram reprimidos. Ela o fazia pensar em algum animal belo e ágil acordando ao sol.

O jantar foi excelente. O vinho era morno, e o champanhe, gelado, e, sob a influência benéfica da bebida, a ameaça de confrontos desagradáveis desapareceu.

O senhor Pontellier relaxou e se entregou às lembranças. Falou sobre divertidas experiências em uma fazenda, recordações da velha Iberville e de sua juventude, quando caçava gambás na companhia de um amigo; colhia pecãs das árvores, caçava passarinhos e vagava pelos bosques e campos em travessa ociosidade.

O coronel, com pouco senso de humor e de adequação, contou um episódio sombrio daqueles tempos amargos, dos quais havia participado como parte notável e figura central. O médico não foi mais feliz em sua escolha, quando contou uma antiga, mas sempre curiosa história da morte do amor de uma mulher, buscando estranhos e novos canais só para retornar à sua legítima origem após dias de intensa inquietação. Era um dos muitos registros humanos com que ele se havia deparado durante a longa carreira de médico. Edna não parecia ter-se impressionado com a história. Ela também tinha uma para contar, sobre uma mulher que fugiu com o amante certa noite em uma canoa e nunca mais voltou. Eles se perderam entre as ilhas baratarianas, e ninguém nunca mais os viu, ouviu falar deles ou encontrou rastros dos dois desde aquele dia. Uma história inventada. Ela disse que a tinha ouvido de madame Antoine. E isso também era uma invenção. Talvez tivesse sonhado com isso. Mas cada palavra parecia real àqueles que a ouviam. Podiam sentir o hálito quente da noite sulista; podiam ouvir o movimento da canoa na água iluminada pelo luar, o bater das asas de um pássaro, alçando voo assustado do meio dos juncos nas piscinas de água salgada; podiam ver o rosto dos amantes, pálidos, próximos, dominados pelo êxtase que os fazia esquecer todo o resto, navegando para o desconhecido.

O champanhe gelado e seus vapores sutis criavam truques fantásticos que interferiam nas lembranças que Edna tinha daquela noite.

Lá fora, longe da luz do fogo e das lamparinas, a noite era fria e turva. O médico fechou o manto antiquado sobre o peito a caminho de casa, caminhando pela escuridão. Conhecia seus semelhantes melhor do que a maioria dos homens; conhecia aquela vida interior que tão raramente se revela aos olhos despreparados. Lamentava ter aceitado o convite de Pontellier. Estava ficando velho e começava a precisar mais de descanso e de um espírito livre de perturbações. Não queria ser depositário dos segredos que pertenciam a outras vidas.

– Espero que não seja Arobin – ele resmungou enquanto caminhava. – Espero sinceramente que não seja Alcee Arobin.

24

Edna e o pai tiveram uma discussão intensa, quase violenta sobre ela se recusar a ir ao casamento da irmã. O senhor Pontellier não interferiu, nem para influenciar nem para impor sua autoridade. Seguia os conselhos do doutor Mandelet e deixava a esposa agir como quisesse. O médico censurava a filha por sua falta de bondade e respeito filial, sua ausência de afeto fraternal e consideração feminina. Os argumentos eram forçados e nada convincentes. Ele duvidava de que Janet fosse aceitar qualquer desculpa – esquecendo que Edna não tinha oferecido nenhuma. Duvidava de que Janet algum dia voltasse a falar com ela, e estava certo de que Margaret não falaria.

Edna ficou feliz por se ver livre do pai quando ele, finamente, partiu com suas roupas e presentes para o casamento, com seus ombros cobertos de enchimentos, sua leitura da *Bíblia*, suas bebidas e suas imprecações retumbantes.

O senhor Pontellier saiu logo atrás dele. Pretendia parar para assistir ao casamento a caminho de Nova York e tinha planos de usar todos os meios que o dinheiro e o amor pudessem fornecer para amenizar, de algum jeito, a atitude incompreensível de Edna.

– Você é muito leniente, muito mesmo, Leonce – afirmou o coronel. – Autoridade, coerção, é disso que ela precisa. Assuma uma posição firme. Esse é o único jeito de cuidar de uma esposa. Ouça meu conselho.

O coronel talvez não soubesse que ele havia coagido a esposa até o túmulo. O senhor Pontellier tinha uma vaga desconfiança disso, mas achava desnecessário tocar nesse assunto tanto tempo depois.

Edna não tinha tanta consciência do prazer provocado pela partida do marido quanto teve por ocasião da partida do pai. Quando se aproximava o dia em que ele a deixaria por um período relativamente longo, ela se tornou mais branda e afetiva, lembrando seus inúmeros gestos de consideração e as repetidas manifestações de interesse ardente. Era solícita em relação a sua saúde e seu bem-estar. Movia-se pela casa com vigor, cuidando de suas roupas, pensando em roupas de baixo pesadas, exatamente como madame Ratignolle teria feito em circunstâncias semelhantes. Ela chorou quando ele partiu, chamando-o de seu querido, bom amigo, e teve certeza de que, em pouco tempo, sentiria a solidão e iria encontrá-lo em Nova York.

Mas, afinal, uma paz radiante a envolveu quando se viu sozinha. Até as crianças estavam fora. A velha madame Pontellier tinha ido pessoalmente buscá-los e os levara para Iberville com a mestiça. A velha senhora não se atreveu a dizer que temia que eles sofressem negligência durante a ausência de Leonce; mal ousava pensar nisso. Era louca pelos netos – até um pouco exagerada no apego a eles. Não queria que fossem "crianças da cidade", sempre dizia ao implorar por um tempo com eles. Queria que conhecessem o campo com seus riachos, bosques e a liberdade tão deliciosa para os pequenos. Queria que eles conhecessem um pouco da vida que o pai tinha vivido, conhecido e amado quando era criança.

Quando finalmente ficou sozinha, Edna respirou aliviada. Um sentimento desconhecido, mas delicioso, a invadiu. Andou por toda a casa, indo de um cômodo ao outro, como se a inspecionasse pela primeira vez. Experimentou várias cadeiras e sofás, como se nunca tivesse sentado ou se reclinado neles antes. E perambulou pela área externa da casa, investigando se venezianas e janelas estavam seguras e em boas condições. As flores eram como novos conhecidos; aproximava-se delas com interesse e se fazia à vontade entre elas. As alamedas do jardim estavam úmidas, e Edna pediu à criada para trazer sandálias de borracha. E lá ela ficou, e se abaixou para cavar em volta das plantas, aparando, retirando folhas mortas e secas. O cachorrinho das crianças interferia, atrapalhava. Ela o censurava, ria, brincava com ele. O jardim tinha um cheiro muito bom e era lindo ao sol vespertino. Edna colheu todas as flores coloridas que encontrou e entrou com elas, ela e o cachorrinho.

Até a cozinha assumia uma característica interessante que nunca antes tinha percebido. Ela foi dar instruções à cozinheira, informar que o açougueiro deveria trazer menos carne, que só iam precisar da metade da quantidade habitual de pão, leite e mantimentos. Explicou que estaria muito ocupada durante a ausência do senhor Pontellier e pediu que ela assumisse toda a responsabilidade pela comida.

Naquela noite, Edna jantou sozinha. O candelabro, com algumas velas no centro da mesa, fornecia toda a luz de que precisava. Fora do círculo de luz em que estava sentada, a grande sala de jantar parecia solene e sombria. A cozinheira, encarregada de seu ofício, serviu uma refeição deliciosa – um suculento filé grelhado ao ponto. O vinho era saboroso; o marrom-glacê era justamente do que precisava. E foi muito agradável jantar vestida com um confortável penhoar.

Pensou um pouco emocionada em Leonce e nas crianças, tentou imaginar o que estariam fazendo. Depois de dar alguns restos de comida ao cachorro, falou com ele sobre Etienne e Raoul. O animal estava surpreso e feliz com o tratamento recebido e mostrava sua gratidão com latidos rápidos e curtos e uma constante agitação.

Depois do jantar, Edna foi para a biblioteca e leu Emerson até sentir sono. Percebeu que tinha negligenciado suas leituras e decidiu retomá-las com mais afinco, agora que tinha todo o tempo para usar como quisesse.

Depois de um banho refrescante, Edna foi para a cama. E, quando se acomodou confortável embaixo do edredom, foi invadida por uma tranquilidade que nunca havia conhecido.

25

Quando o tempo ficava escuro e nublado, Edna não conseguia trabalhar. Precisava do sol para temperar sua disposição.

Nos dias chuvosos ou melancólicos, saía e buscava a companhia dos amigos que fizera em Grand Isle. Ou ficava em casa e se entregava a uma disposição com a qual estava familiarizada demais para seu conforto e sua paz de espírito. Não era desespero, mas tinha a sensação de que a vida estava passando, deixando para trás promessas quebradas e não cumpridas. No entanto, havia outros dias em que era conduzida e enganada por novas promessas que sua juventude fazia.

Edna então voltou às corridas, e voltou outras vezes. Arobin e a senhora Highcamp foram buscá-la em uma tarde radiante na carruagem de Arobin. A senhora Highcamp era uma mulher sofisticada, mas sem afetações, uma loira alta, magra e inteligente de quarenta e poucos anos, com uma atitude indiferente e olhos azuis e penetrantes. Usava a filha como pretexto para desfrutar da companhia de homens jovens e elegantes. Alcee Arobin era um deles. Arobin era figura conhecida na pista de corrida, na ópera e nos clubes da moda. Havia um sorriso eterno em seus olhos, que raramente deixavam de despertar uma alegria correspondente em qualquer pessoa que os fitasse e ouvisse sua voz bem-humorada. Suas maneiras eram tranquilas e um pouco insolentes, às vezes. Ele tinha uma boa silhueta, um rosto agradável, que não se sobrecarregava com o peso de pensamentos ou sentimentos; e as roupas eram as de um homem de estilo convencional.

Sua admiração por Edna era extravagante desde que a havia conhecido nas corridas, com o pai dela. Ele a havia encontrado antes, em outras ocasiões, mas até aquele dia a considerava inacessível. Foi instigada por ele que a senhora Highcamp a convidou para acompanhá-los ao Jockey Club e assistir ao evento da temporada.

Havia poucos homens no local com o mesmo conhecimento de Edna sobre as corridas de cavalos, possivelmente, mas certamente não havia nenhum que soubesse mais do que ela sobre o assunto. Ela sentou entre os dois companheiros, sendo aquela que tinha autoridade para falar. Riu das pretensões de Arobin e lamentou a ignorância da senhora Highcamp. As corridas de cavalo foram amiga e companheira próxima de sua infância. A atmosfera dos estábulos e o cheiro da grama do padoque eram revividos em sua lembrança e permaneciam nas narinas. Ela nem percebeu que estava falando como o pai quando os animais desfilaram para a apresentação. Fez apostas altas e foi favorecida pela sorte. A febre do jogo iluminava seu rosto e seus olhos, entrava nas veias e chegava ao cérebro como uma substância inebriante. As pessoas viravam para olhar para ela, e algumas ouviam seus comentários com atenção, esperando captar o raro, mas sempre desejado "palpite". Arobin foi contaminado pela empolgação que o atraía para Edna como um ímã. A senhora Highcamp se mantinha impassível, como sempre, com seu olhar indiferente e as sobrancelhas arqueadas.

Edna aceitou o convite para ficar e jantar com a senhora Highcamp. Arobin também ficou e dispensou a carruagem.

O jantar foi calmo e desinteressante, exceto pelos alegres esforços de Arobin para dar vida ao evento. A senhora Highcamp lamentava a ausência da filha nas corridas e tentava fazê-la entender o que perdia, quando preferia comparecer à "leitura de Dante" em vez de acompanhá-los. A menina levou uma folha de gerânio ao nariz e não disse nada, mostrando-se atenta e evasiva. O senhor Highcamp era um homem simples, careca, que só falava quando era obrigado. Não interagia. A senhora Highcamp tratava o marido com cortesia delicada e consideração. Quase tudo que falava à mesa era dirigido a ele. Depois do jantar, eles foram à biblioteca e leram juntos os jornais da noite à luz que pendia do teto. Os mais jovens foram para a sala de estar e conversaram. A senhorita Highcamp tocou algumas seleções de Grieg ao piano. Parecia ter capturado toda a frieza do compositor e nada de sua poesia. Edna ouvia e não conseguia deixar de pensar se havia perdido o gosto para a música.

Quando chegou a hora de ir para casa, o senhor Highcamp resmungou uma oferta desanimada para acompanhá-la, olhando sem nenhuma preocupação com a etiqueta para os pés calçados com chinelos. Foi Arobin quem a levou para casa. O trajeto no veículo foi longo, e era tarde quando chegaram à rua Esplanada. Arobin pediu permissão para entrar por um segundo e acender seu cigarro – não tinha mais fósforos. Ele encheu a caixinha, mas não acendeu o cigarro até estar novamente fora da casa, depois de ela ter concordado em ir novamente às corridas com ele.

Edna não estava cansada nem com sono. Estava com fome outra vez, porque o jantar nos Highcamps, embora de excelente qualidade, não teve abundância. Ela vasculhou a despensa e pegou uma fatia de gruyère e algumas bolachas salgadas. Abriu uma garrafa de cerveja que encontrou no compartimento refrigerado. Estava muito inquieta e empolgada. Cantarolava vagamente uma canção fantástica, enquanto revolvia as brasas na lareira e mastigava uma bolacha.

Queria que alguma coisa acontecesse – alguma coisa, qualquer coisa; não sabia o quê. Lamentava não ter feito Arobin ficar por mais meia hora para conversarem sobre cavalos. Ela contou o dinheiro que ganhou. Mas não tinha mais nada para fazer, por isso foi para a cama e ficou lá virando de um lado para o outro durante horas, em uma espécie de agitação monótona.

No meio da noite, lembrou que havia esquecido de escrever a carta habitual ao marido e decidiu escrever no dia seguinte e contar sobre a tarde no Jockey Club. Ficou acordada compondo uma carta que não tinha nada a ver com a que escreveu no dia seguinte. Quando a criada a acordou de manhã, Edna estava sonhando com o senhor Highcamp tocando piano na entrada de uma loja de música na rua Canal, enquanto a esposa dizia a Alcee Arobin, que embarcava com ela em um carro na rua Esplanada: "É uma pena que tanto talento tenha sido negligenciado! Mas preciso ir".

Quando, alguns dias mais tarde, Alcee Arobin apareceu para buscá-la novamente em sua carruagem, a senhora Highcamp não o acompanhava. Ele disse que a apanhariam no caminho. Mas, como a senhora não havia sido informada sobre sua intenção de buscá-la, não estava em casa. A filha estava saindo para ir a uma reunião de um grupo da Sociedade de Folclore e lamentou não poder acompanhá-los. Arobin parecia não saber o que fazer e perguntou a Edna se havia mais alguém que ela gostaria de convidar.

Ela achava que não valia a pena buscar a companhia de nenhum dos conhecidos da sociedade da qual se havia retirado. Pensou em madame Ratignolle, mas sabia que a amiga não saía de casa, exceto para caminhar com o marido em volta do quarteirão depois que anoitecia. *Mademoiselle* Reisz teria rido do convite de Edna. Madame Lebrun teria apreciado o passeio, mas, por alguma razão, Edna não desejava sua presença. Então, foram sozinhos, Arobin e ela.

A tarde foi muito interessante para Edna. A empolgação voltou como uma febre renitente. A conversa se tornou familiar e confidencial. Não foi difícil se aproximar de Arobin. A atitude dele convidava à confidência. O estágio preliminar da aproximação era sempre o que ele se esforçava por ignorar, quando a outra parte era uma mulher bonita e envolvente.

Arobin ficou para jantar com Edna. Depois sentou-se ao lado da lareira. Eles riam e conversavam; e, antes que fosse hora de ir, ele estava dizendo como a vida poderia ter sido diferente se a tivesse conhecido anos atrás. Com franqueza ingênua, falou do rapaz maldoso e indisciplinado que havia sido e, num impulso, levantou o punho da camisa para mostrar a cicatriz deixada por um corte de sabre que havia sofrido em um duelo, na periferia de Paris, quando tinha dezenove anos. Ela tocou sua mão ao examinar a cicatriz vermelha na parte interna do pulso branco. Um impulso rápido, um tanto espasmódico, fez os dedos se fecharem em torno de seu punho. Ele sentiu a pressão das unhas afiadas na pele da palma da mão.

Edna levantou-se depressa e caminhou até o console.

– Olhar para um ferimento ou uma cicatriz sempre me deixa agitada e nauseada – disse. – Não deveria ter olhado.

– Peço perdão – ele reagiu, e a seguiu. – Nunca me ocorreu que isso pudesse ser repulsivo.

Estava próximo dela, e a ousadia em seu olhar afastou o antigo eu de Edna, cada vez mais distante, despertando em seu lugar toda a sua sensualidade. O que ele viu em seu rosto foi suficiente para induzi-lo a tocar a mão dela e segurá-la, enquanto se despedia sem pressa.

– Aceitaria ir novamente às corridas? – perguntou.

– Não. Foi o suficiente. Não quero perder todo o dinheiro que ganhei, e tenho de trabalhar quando o tempo está claro, em vez de...

– Sim; trabalhar; é claro. Prometeu que me mostraria seu trabalho. Quando posso conhecer seu ateliê? Amanhã?

– Não!

– Depois de amanhã?

– Não, não.

– Ah, por favor, não me prive dessa experiência! Sei um pouco sobre essas coisas. Posso ajudá-la com uma ou duas sugestões.

– Não. Boa noite. Por que não vai embora, se já se despediu? Não gosto de você – ela continuou, com um tom agudo, agitado, tentando remover a mão da dele. Sentia que suas palavras careciam de dignidade e sinceridade, e sabia que ele percebia.

– Lamento que não goste de mim. Lamento se a ofendi. Como a ofendi? O que eu fiz? Não pode me perdoar? – Ele se inclinou e beijou a mão dela, como se não quisesse soltá-la nunca mais.

– Senhor Arobin, estou muito agitada depois de toda a animação desta tarde. Estou fora de mim. Meu comportamento deve tê-lo confundido de algum jeito. Quero que vá embora, por favor.

Agora seu tom era monótono, sem graça. Ele pegou o chapéu de cima da mesa e ficou parado, sem a encarar, olhando para o fogo. Por um ou dois instantes, guardou um silêncio impressionante.

– Seu comportamento não me confundiu, senhora Pontellier – disse finalmente. – As minhas emoções fizeram isso. Não pude evitar. Como evitar, quando estou perto de você? Não dê importância ao que digo, não se incomode, por favor. Entenda, saio quando me pede para ir. Se quer que eu me mantenha afastado, é o que vou fazer. Se me deixar voltar, eu... ah! Vai permitir que eu volte?

Ele a fitou com olhos de súplica, e Edna não respondeu. As atitudes de Alcee Arobin eram tão autênticas que muitas vezes enganavam até ele mesmo.

Edna não se importava nem pensava se eram autênticas ou não. Quando ficou sozinha, olhou de maneira mecânica para a própria mão, que ele beijara com tanto ardor. Depois apoiou a cabeça no console da lareira. Sentia-se como uma mulher que, em um momento de paixão, se trai e comete um ato de infidelidade e percebe a importância do ato sem ter superado completamente seu encantamento. O pensamento passava furtivo por sua cabeça: "O que ele pensaria?".

Não era no marido que pensava, mas em Robert Lebrun. O marido agora parecia alguém com quem se havia casado sem amor, como uma desculpa.

Ela acendeu uma vela e foi para o quarto. Alcee Arobin não significava absolutamente nada para ela. Mas sua presença, seu comportamento, o calor de seus olhares e, acima de tudo, o toque daqueles lábios em sua mão tiveram sobre ela o efeito de um narcótico.

Edna dormiu um sono lânguido, reparador, entremeado por sonhos que desapareciam.

26

Alcee Arobin escreveu para Edna um elaborado bilhete de desculpas vibrante de sinceridade. Aquilo a constrangeu; porque, em um momento mais frio, mais tranquilo, parecia absurdo que tivesse tratado as atitudes dele com tanta seriedade, de maneira tão dramática. Tinha certeza de que a importância de tudo aquilo estava em seu subconsciente. Se ignorasse o bilhete, estaria dando importância indevida a uma questão trivial. Se respondesse com tom sério, ainda daria a ele a impressão de que tivera um momento de fraqueza provocado por sua influência. Afinal, não era nada de mais ter a mão beijada. Havia sido provocada pelo pedido de desculpas. Respondeu com o tom mais leve e brincalhão que julgava merecido e disse que ficaria contente se o recebesse para ver seu trabalho quando ele pudesse, ou quando os negócios dessem a ele uma oportunidade.

Ele respondeu imediatamente, apresentando-se em sua casa com toda aquela desconcertante ingenuidade. E, depois disso, raramente havia um dia em que não o visse ou não fosse lembrada de sua existência. Ele era prolífico em pretextos. Assumiu uma atitude de subserviência bem-humorada e adoração tácita. Estava sempre pronto para render-se aos humores de Edna, que eram gentis na mesma medida em que eram frios. Ela se acostumou à sua presença. Tornaram-se próximos e amigos gradualmente, de maneira imperceptível, e depois aos saltos. Às vezes ele falava de um jeito que a deixava perplexa, de início, e depois tingia seu rosto de vermelho. De um jeito que acabava por agradá-la, apelando para o instinto animal que se agitava impaciente em seu interior.

Não havia nada como uma visita a *mademoiselle* Reisz para aquietar o tumulto dos sentidos de Edna. Foi então, na presença daquela personalidade que lhe era ofensiva, que a mulher, por sua arte divina, conseguiu tocar o espírito de Edna e libertá-lo.

Era uma tarde nebulosa, com nuvens pesadas e baixas, quando Edna subiu a escada para o apartamento da pianista. Suas roupas estavam úmidas. Sentia frio quando entrou na sala. *Mademoiselle* revirava as brasas em um fogão enferrujado que fumegava um pouco e não aquecia muito o ambiente. Ela tentava aquecer um bule de chocolate. Quando entrou, Edna achou o aposento triste e pobre. Um busto de Beethoven coberto de poeira a encarava sério de cima do aparador.

– Ah! Aí está o raio de sol! – exclamou *mademoiselle*, que estava ajoelhada diante do fogão e levantou-se. – Agora tudo vai ficar quente e claro; não preciso mais me preocupar com o fogo.

Ela fechou a porta do fogão com um estrondo e, aproximando-se, ajudou Edna a retirar a capa molhada.

– Está com frio; parece infeliz. Logo o chocolate estará quente. Mas prefere uma dose de conhaque? Mal toquei na garrafa que trouxe quando fiquei resfriada.

Um pedaço de flanela vermelha envolvia o pescoço de *mademoiselle*; um torcicolo a obrigava a manter a cabeça um pouco torta.

– Vou aceitar o conhaque – disse Edna, tremendo enquanto removia as luvas e os sapatos.

Bebeu o conhaque do copo como um homem teria feito. Depois se largou no sofá nada confortável e disse:

– *Mademoiselle*, vou sair de minha casa na rua Esplanade.

– Ah – respondeu a musicista, sem surpresa ou interesse especial.

Nada nunca parecia chocá-la. Ela agora tentava ajeitar as violetas que tinham se soltado do arranjo em seu cabelo. Edna a puxou para o sofá e, tirando um grampo do próprio cabelo, prendeu o arranjo de flores artificiais no lugar de costume.

– Não está surpresa?

– Mais ou menos. Para onde vai? Nova York? Iberville? Para a propriedade de seu pai no Mississippi? Para onde?

– Só dois passos distante – riu Edna. – Para uma casinha de quatro cômodos, depois da esquina. Parece muito aconchegante, muito convidativa e tranquila, sempre que passo por lá; e está para alugar. Estou cansada de cuidar daquela casa grande. Ela nunca pareceu minha, de qualquer maneira... como um lar. Dá muito trabalho. Tenho que manter muitos empregados. Estou cansada de me incomodar com eles.

– Essa não é a verdadeira razão, *ma belle*. É inútil mentir para mim. Não sei qual é o motivo, mas não me contou a verdade.

Edna não protestou nem tentou se justificar.

– A casa, o dinheiro que a mantém, nada disso é meu. Não é motivo suficiente?

– São de seu marido – respondeu *mademoiselle*, dando de ombros e arqueando uma sobrancelha de um jeito malicioso.

– Ah! Vejo que não há como enganá-la. Então, vou lhe dizer: é um capricho. Tenho algum dinheiro que herdei de minha mãe e que meu pai envia em pequenas doses. Ganhei uma soma elevada neste inverno, nas corridas, e estou começando a vender meus desenhos. Laidpore está cada vez mais satisfeito com meu trabalho; ele diz que as obras ganham força e individualidade. Isso é algo que não posso julgar por mim mesma, mas sinto que ganhei confiança, que desenhar é mais confortável. No entanto, como disse, vendi muitas obras por intermédio de Laidpore. Posso morar na casinha com pouco ou nada, como uma criada. A velha Celestine, que trabalha para mim de vez em quando, diz que vai ficar comigo e cuidar de todo o trabalho. Sei que vou gostar disso, do sentimento de liberdade e independência.

– O que seu marido diz disso?

– Ainda não contei a ele. Só pensei nisso hoje de manhã. Ele vai pensar que perdi o juízo, sem dúvida. Você também, talvez.

Mademoiselle balançou a cabeça devagar.

– Seu motivo ainda não ficou claro para mim – disse.

Também não era claro para Edna; mas ele se descortinou enquanto ela estava ali sentada e ficou em silêncio. O instinto a havia orientado a não contar com a pensão do marido quando partisse. Não sabia como seria quando ele voltasse. Seria necessário que houvesse um entendimento, uma explicação. As condições se ajustariam de algum jeito, era o que sentia; mas, o que quer que acontecesse, tinha decidido nunca mais pertencer a ninguém além dela mesma.

– Vou oferecer um grande jantar antes de sair da velha casa! – Edna exclamou. – Vai ter de comparecer, *mademoiselle*. Providenciarei tudo que gosta de comer e beber. Vamos cantar e dançar e nos alegrar, para variar. – E ela suspirou, um suspiro que brotou do fundo de seu ser.

Se *mademoiselle* tivesse recebido uma carta de Robert entre as visitas de Edna, teria entregado a ela sem que fosse necessário pedir. E ela se sentaria ao piano e tocaria de acordo com sua disposição, enquanto a mulher lesse a carta.

O fogo crepitava no fogãozinho; ardia intenso, e o chocolate no bule de lata fervia e borbulhava. Edna foi abrir a porta do fogãozinho, e *mademoiselle* levantou, pegou uma carta embaixo do busto de Beethoven e a entregou a Edna.

– Outra! Tão depressa! – ela exclamou, com os olhos cheios de alegria. – *Mademoiselle*, ele sabe que leio suas cartas?

– Nunca! Ficaria muito bravo e nunca mais escreveria para mim de novo se desconfiasse disso. Ele escreve para você? Nunca, nem uma linha. Manda algum recado? Nem uma palavra. É porque ele a ama, pobre tolo, e está tentando esquecer você, já que você não é livre para ouvi-lo ou pertencer a ele.

– Por que me mostra as cartas, então?

– Não implorou por elas? Sou capaz de recusar algum pedido seu? Ah! Você não consegue me enganar. – E *mademoiselle* sentou-se diante do adorado instrumento e começou a tocar.

Edna não leu a carta de imediato. Ficou sentada com ela entre as mãos, enquanto a canção penetrava todo o seu ser como uma luz intensa, aquecendo e iluminando os recantos escuros de sua alma. Ela a preparava para sua alegria e exultação.

– Ah! – ela exclamou, e deixou a carta cair ao chão. – Por que não me disse? – E foi segurar as mãos de *mademoiselle*, tirando-as das teclas. – Maldosa! Cruel! Por que não me contou?

– Que ele estava voltando? Não é grande notícia, *ma foi*. Não entendo como não voltou há muito tempo.

– Mas quando, quando? – Edna perguntou, impaciente. – Ele não diz quando.

– Diz "muito em breve". Você sabe tanto quanto eu sobre isso, está na carta.

– Mas por quê? Por que ele está voltando? Ah, se eu pensasse... – E ela pegou a carta do chão e virou as páginas para um e outro lado, procurando a razão, que não foi revelada.

– Se eu fosse jovem e estivesse apaixonada por um homem – disse *mademoiselle*, virando no banquinho e colocando as mãos magras entre os joelhos, enquanto olhava para Edna sentada no chão, segurando a carta –, creio que ele teria de ter uma grande personalidade; um homem com objetivos elevados e capacidade para alcançá-los; alguém que se destacasse o suficiente para chamar a atenção de seus semelhantes. Acredito que, se fosse jovem e estivesse apaixonada, eu nunca julgaria um homem de calibre comum digno da minha devoção.

– Agora é você quem está mentindo e tentando me enganar, *mademoiselle*; ou nunca esteve apaixonada e nada sabe sobre isso. Ora – Edna continuou, batendo com as mãos nos joelhos e olhando para o rosto contorcido de *mademoiselle* –, supõe que uma mulher sabe por que ama? Ela escolhe? Diz a si mesma "Aquele ali! É um estadista digno com possibilidades presidenciais; vou me apaixonar por ele"? Ou "Devo entregar meu coração a esse musicista, cuja fama é comentada por todos"? Ou "Esse financista, que controla os mercados financeiros do mundo"?

– Suponho que tenha me entendido mal, *ma reine*. Está apaixonada por Robert?

– Sim – disse Edna. Era a primeira vez que admitia, e uma luz se espalhou por seu rosto, cobrindo-o de pontinhos vermelhos.

– Por quê? Por que o ama, se não deveria?

Edna se ajoelhou diante de *mademoiselle* Reisz, que segurou o rosto radiante entre as mãos.

– Por quê? Porque ele tem cabelos castanhos; porque ele abre e fecha os olhos, e seu nariz é um pouco desproporcional; porque ele tem o queixo quadrado e um dedinho que não consegue esticar direito, porque jogava beisebol com muita energia quando era pequeno. Porque...

– Porque sim, resumindo – riu *mademoiselle*. – O que vai fazer quando ele voltar?

– Fazer? Nada, exceto ficar contente e feliz por estar viva.

Já estava contente e feliz por estar viva, só por pensar no retorno dele. O céu encoberto e baixo, que algumas horas atrás a tinha deprimido, parecia revigorante quando voltou às ruas molhadas para ir para casa.

Ela parou em uma confeitaria e encomendou uma enorme caixa de bombons para mandar para as crianças em Iberville. Mandou um cartão com a caixa, no qual escreveu uma mensagem carinhosa, e mandou muitos beijos.

À noite, antes do jantar, Edna escreveu uma carta encantadora para o marido, contando a ele sobre sua intenção de mudar-se por algum tempo para a casinha depois da esquina e sobre dar um jantar de despedida antes de partir, lamentando que ele não estivesse presente para participar, ajudar com o cardápio e com o entretenimento dos convidados. Era uma carta radiante, vibrante de alegria.

27

– O que está acontecendo com você? – Arobin perguntou naquela noite. – Nunca a vi tão feliz.

Edna estava cansada, reclinada na espreguiçadeira diante do fogo.

– Não sabe que o profeta do tempo disse que logo veremos o sol?

– Bem, é uma razão suficiente – ele concordou. – E você não me daria outra nem que eu passasse a noite toda sentado aqui, implorando.

Ele estava perto dela, sentado em um tamborete, e, enquanto falava, os dedos tocaram a testa de Edna para afastar os cabelos. Ela gostou do contato dos dedos com seu cabelo e fechou os olhos.

– Um dia desses – disse – vou me concentrar por um tempo e pensar... tentar determinar que tipo de mulher eu sou. Porque, sinceramente, não sei. Por todos os códigos que conheço, sou uma representante do sexo terrivelmente má. Mas, de algum jeito, não consigo me convencer disso. Preciso pensar.

– Não. Para quê? Por que se incomodar pensando nisso, quando posso lhe dizer que tipo de mulher é? – Os dedos paravam de vez em quando nas faces suaves e no queixo firme, que estava ficando um pouco cheio e duplo.

– Ah, sim! Vai me dizer que sou adorável; tudo que é cativante. Não se incomode.

– Não. Não pretendo dizer nada disso, mesmo sabendo que não estaria mentindo se dissesse.

– Conhece *mademoiselle* Reisz? – ela perguntou.

– A pianista? Eu a conheço de vista. Eu a ouvi tocar.

– Às vezes ela fala coisas estranhas de um jeito brincalhão, coisas que você não percebe na hora, mas nas quais se pega pensando mais tarde.

– Por exemplo?

– Bem, por exemplo, quando a deixei hoje, ela me abraçou, tocou minhas omoplatas para saber se tenho asas fortes e disse: "O pássaro que tenta voar acima do nível da tradição e do preconceito precisa ter asas fortes. É triste ver os mais frágeis machucados, exaustos, voando de volta a terra".

– Para onde voaria?

– Não estou pensando em nenhum voo extraordinário. Só a compreendo em parte.

– Ouvi dizer que ele é meio maluca – comentou Arobin.

– A mim ela parece maravilhosamente sã – Edna respondeu.

– Dizem que é extremamente desagradável. Por que falou dela, em um momento em que eu queria falar sobre você?

– Ah! Fale sobre mim, se quiser. – Edna uniu as mãos sob a cabeça. – Mas vou pensar em outra coisa, enquanto isso.

– Estou com ciúme de seus pensamentos. Tenho a sensação de que hoje eles a tornam mais gentil que de costume; é como se vagassem, como se não estivessem aqui comigo.

Ela só o fitou e sorriu. Os olhos dele estavam muito próximos. Ele se inclinou sobre a espreguiçadeira com um braço estendido sobre seu corpo, a outra mão ainda nos cabelos. Continuaram se olhando em silêncio. Quando ele se debruçou e a beijou, ela segurou a cabeça dele, colando os lábios aos dela.

Era o primeiro beijo em sua vida ao qual sua natureza respondia realmente. Uma chama flamejante acendia o desejo.

28

Naquela noite, depois que Arobin foi embora, Edna chorou um pouco. Foi só uma fase das múltiplas emoções que a tomavam de assalto. Havia nela uma premente sensação de irresponsabilidade. O choque do inesperado, do que não era habitual. A reprovação do marido, que olhava para ela a partir das coisas que a cercavam, que ele havia providenciado para assegurar sua existência. Havia a reprovação de Robert, fazendo-se sentir por um amor mais rápido, mais forte, mais avassalador, que a havia enfraquecido por dentro em relação a ele. Acima de tudo, havia compreensão. Era como se um véu fosse removido de seus olhos, permitindo que olhasse e compreendesse o significado da vida, esse monstro feito de beleza e brutalidade. Mas, entre as sensações conflitantes que a atacavam, não havia vergonha nem remorso. Havia uma pontada de pesar porque não foi o beijo de amor que a inflamou, não foi o amor que aproximou essa taça de vida de seus lábios.

29

Sem sequer esperar por uma resposta do marido sobre o que ele achava ou queria, Edna acelerou os preparativos para sair da casa na rua Esplanade e mudar-se para a casinha naquele mesmo quarteirão. Uma ansiedade febril acompanhava cada movimento nesse sentido. Não houve um momento de deliberação, nenhum intervalo entre o pensamento e a realização. Mais cedo, ao amanhecer, depois das horas que havia passado na companhia de Arobin, Edna se ocupou de assegurar a nova casa e tomar as providências para ocupá-la. Dentro de sua casa, sentia-se como alguém que havia penetrado e permanecido entre os portais de algum templo proibido, do qual mil vozes abafadas a expulsavam.

Tudo que era seu nessa casa, tudo que havia adquirido sem o dinheiro do marido, tratou de mandar para a outra casa, suprindo deficiências simples e escassas com os próprios recursos.

Arobin a encontrou com as mangas arregaçadas, trabalhando com uma empregada, quando foi visitá-la durante a tarde. Ela era esplêndida e robusta e nunca esteve mais linda do que no velho vestido azul, com um lenço vermelho amarrado em torno da cabeça para proteger os cabelos da poeira. Quando entrou, ele a viu no alto de uma escada, despendurando um quadro da parede. Arobin tinha encontrado a porta da frente aberta e entrado sem nenhuma cerimônia depois de tocar a sineta.

– Desça daí! – ele exclamou. – Quer se matar?

Ela o recebeu com tranquilidade fingida, mostrando-se compenetrada no trabalho que a ocupava.

Se ele esperava encontrá-la lânguida, reprovadora, ou entregue a lágrimas sentimentais, deve ter ficado muito surpreso.

Era evidente que estava preparado para qualquer emergência, pronto para qualquer das atitudes mencionadas, da mesma forma que se adaptou naturalmente e com tranquilidade à situação com que se deparou.

– Por favor, desça – ele insistiu, segurando a escada e olhando para cima, para ela.

– Não – Edna respondeu. – Ellen tem medo de subir na escada. Joe está trabalhando no "pombal", como Ellen costuma chamar, porque o lugar é muito pequeno e parece uma casa de pombos, e alguém tem que fazer isso.

Arobin tirou o casaco, mostrando-se pronto e disposto a desafiar o destino no lugar dela. Ellen foi buscar um de seus guarda-pós e se contorceu de rir, incapaz de controlar-se, quando o viu vesti-lo diante do espelho. Edna também não conseguiu deixar de sorrir quando fechou o guarda-pó, a pedido dele. Portanto, foi Arobin quem subiu na escada, despendurando quadros e cortinas e removendo ornamentos, de acordo com as orientações de Edna. Quando terminou, ele tirou o guarda-pó e foi lavar as mãos.

Edna estava sentada no tamborete, deslizando sem pressa a ponta de um espanador de penas pelo tapete, quando ele voltou.

– Posso ajudar em mais alguma coisa? – ele perguntou.

– É só isso – ela respondeu. – Ellen pode cuidar do restante. – E manteve a jovem ocupada na sala de estar, evitando ficar a sós com Arobin.

– E o jantar? – ele perguntou. – O grande evento, o *coup d'état*?

– Será depois de amanhã. Por que chama de *coup d'état*? Ah! Vai ser ótimo; tudo o que tenho de melhor, cristal, prata e ouro, Sèvres, flores, música e champanhe suficiente para nadar nele. Vou deixar Leonce pagar a conta. Queria saber o que ele vai dizer quando vir essas contas.

– E me pergunta por que chamo de *coup d'état*? – Arobin tinha vestido o casaco e, em pé diante dela, perguntou se a gravata estava torta. Ela disse que não, mas não olhou além da ponta do colarinho.

– Quando vai para o "pombal"… com a devida licença de Ellen?

– Depois de amanhã, depois do jantar. Devo dormir lá.

– Ellen, poderia me dar um copo de água, por favor? – pediu Arobin. – O pó nas cortinas, se me permite mencionar tal coisa, deixou minha garganta seca.

– Enquanto Ellen vai buscar a água, eu me despeço e o acompanho até a porta. Preciso me livrar dessa sujeira e tenho muita coisa para fazer e em que pensar.

– Quando a verei? – perguntou Arobin, tentando detê-la, agora que a criada havia saído da sala.

– No jantar, é claro. Foi convidado.

– Não antes? Não hoje à noite, ou amanhã de manhã, ou na hora do almoço, ou à noite? Depois de amanhã cedo ou na hora do almoço? Não consegue ver, sem que eu diga, que isso é uma eternidade?

Ele a havia seguido até o corredor e parou ao pé da escada, olhando para cima enquanto ela subia com o rosto meio voltado em sua direção.

– Nem um instante antes disso – disse Edna. Mas riu e olhou para ele com uma expressão que, ao mesmo tempo, dava a ele coragem para esperar e fazia da espera uma tortura.

30

Embora Edna tivesse falado do jantar como um evento grandioso, na verdade a ocasião foi pequena e muito selecionada, com um número reduzido de convidados bem escolhidos. Mandou preparar doze lugares em torno da mesa redonda de mogno, esquecendo por um instante que madame Ratignolle estava *souffrante* e inapresentável, e não prevendo que madame Lebrun enviaria mil desculpas no último momento. No final, então, eram apenas dez, um número confortável.

Estavam presentes o senhor e a senhora Merriman, uma mulher bonita e cheia de vida de seus trinta e poucos anos; o marido dela, um sujeito jovial, meio propenso à frivolidade e que ria muito das piadas alheias, tornou-se extremamente popular. A senhora Highcamp os acompanhava. É claro, havia Alcee Arobin; e *mademoiselle* Reisz aceitou o convite. Edna havia enviado para ela um ramalhete de violetas frescas com acabamento em renda negra para enfeitar seu cabelo. O senhor Ratignolle trouxe as escusas dele e da esposa. Victor Lebrun, que por acaso estava na cidade, decidido a relaxar, aceitou o convite com entusiasmo. Havia uma senhorita Mayblunt, que não era mais nenhuma adolescente e olhava o mundo pelas lentes do binóculo de teatro e com o mais aguçado interesse. Dizia-se e pensava-se que ela era uma intelectual; havia suspeitas de que escrevia sob um pseudônimo. Ela se fazia acompanhar por um cavalheiro chamado Gouvernail, alguém conectado a um dos jornais diários, de quem nada especial podia ser dito, exceto que era observador e parecia quieto e inofensivo. Edna era a décima pessoa à mesa, e às oito e meia eles se sentaram para jantar, com Arobin e o senhor Ratignolle acomodados um de cada lado da anfitriã.

A senhora Highcamp sentou-se entre Arobin e Victor Lebrun. Depois vinham a senhora Merriman, o senhor Gouvernail, a senhorita Mayblunt, o senhor Merriman e a *mademoiselle* Reisz, ao lado do senhor Ratignolle.

Havia algo de extremamente elegante na arrumação da mesa, um efeito de esplendor conferido por uma toalha de cetim amarelo-claro sob tiras de um tecido de renda. Havia velas em enormes candelabros de bronze, ardendo sob cúpulas de seda amarela. Muitas rosas viçosas, perfumadas, amarelas e vermelhas. Havia prata e ouro, como ela tinha dito que haveria, e cristal que brilhava como as pedras preciosas usadas pelas mulheres.

As cadeiras de jantar comuns e duras foram trocadas por outras mais confortáveis e luxuosas, que foram recolhidas em diferentes cômodas da casa. *Mademoiselle* Reisz, que era muito pequena, sentava-se sobre almofadas, como as crianças pequenas costumam ser acomodadas à mesa sobre livros grossos.

– Isso é novo, Edna? – perguntou a senhorita Mayblunt, com o binóculo de teatro voltado para uma magnífica peça de diamantes que cintilava, quase faiscava no cabelo de Edna, logo acima do centro da testa.

– Sim, é novo; novo em folha, na verdade. Presente do meu marido. Ele chegou hoje de manhã de Nova York. E hoje é meu aniversário, estou completando vinte e nove anos. No devido momento, espero que brindem à minha saúde. Até lá, sugiro que comecem a saborear o coquetel composto... posso dizer "composto?" – E olhou para a senhorita Mayblunt. – Composto por meu pai em homenagem ao casamento de minha irmã Janet.

Diante de cada hóspede havia um copo pequenino que tinha o formato e o brilho de uma granada preciosa.

– Então, levando em consideração todas as coisas – falou Arobin –, não podemos deixar de começar com um brinde à saúde do coronel, saboreando o coquetel que ele compôs, no aniversário da mais encantadora das mulheres, a filha que ele inventou.

A risada do senhor Merriman ao ouvir essa bobagem foi tão autêntica e tão contagiante que deu ao jantar uma nota animada que não perdeu força.

A senhorita Mayblunt pediu para deixar o coquetel intocado diante dela, só para olhar. A cor era maravilhosa! Não podia compará-lo a nada que já houvesse visto, e as luzes que a mistura emitia eram inenarravelmente raras. Ela considerou o coronel um artista e manteve seu julgamento.

O senhor Ratignolle estava preparado para levar as coisas a sério; os pratos, os aperitivos, o serviço, a decoração, até as pessoas. Ele ergueu os olhos do prato e perguntou se Arobin era parente do cavalheiro cujo nome integrava o daquela firma de advogados, a Laitner e Arobin. O rapaz admitiu que Laitner era um amigo pessoal, que permitia que o nome Arobin decorasse os cabeçalhos da empresa e aparecesse em uma placa na rua Perdido.

– Há muita gente curiosa e muitas instituições – disse Arobin –, tanto que se é forçado hoje em dia, por questões de conveniência, a assumir a aparência de uma ocupação que não tem.

O senhor Ratignolle olhou para ele por um instante, depois virou para perguntar a *mademoiselle* Reisz se ela considerava os concertos sinfônicos à altura do padrão estabelecido no inverno anterior. *Mademoiselle* Reisz respondeu em francês, o que Edna achou um pouco indelicado, considerando as circunstâncias, mas característico. *Mademoiselle* só tinha coisas desagradáveis a dizer sobre os concertos sinfônicos e teceu comentários ofensivos sobre todos os músicos de Nova Orleans, tanto individualmente como de maneira coletiva. Todo o seu interesse parecia estar concentrado nas iguarias postas diante dela.

O senhor Merriman disse que o comentário do senhor Arobin sobre gente curiosa o fez lembrar-se de um homem de Waco, alguém que estava no Hotel St. Charles há alguns dias, mas, como as histórias dele eram sempre sem graça e sem propósito, sua esposa raramente permitia que ele as concluísse. Ela o interrompeu para perguntar se ele lembrava o nome do autor do livro que havia comprado na semana anterior para enviar a uma amiga em Genebra. Estava discutindo "livros" com o senhor Gouvernail e tentando se informar com suas opiniões sobre tópicos da literatura atual. O marido contou a história do homem de Waco em particular para a senhorita Mayblunt, que fingiu se divertir muito e achá-la muito interessante.

A senhora Highcamp tinha um interesse lânguido, mas nada forçado, na ardente e impetuosa volubilidade de seu vizinho da esquerda, Victor Lebrun. Sua atenção não se desviou dele nem por um momento depois de sentarem à mesa; e, quando ele se voltou para a senhora Merriman, que era mais bonita e mais animada que a senhora Highcamp, ela esperou com indiferença relaxada pela oportunidade de recuperar sua atenção. Havia o som ocasional de música de bandolins, suficientemente distante para ser um acompanhamento agradável, não uma interrupção à conversa. Lá fora, ouvia-se o som manso e monótono de uma fonte; o som penetrava na sala com o odor pesado de jasmim que passava pelas janelas.

O brilho dourado do vestido de cetim de Edna se espalhava em ricas camadas dos dois lados dela. Uma suave cortina de renda envolvia seus ombros. Era da cor de sua pele, sem o brilho, as diversas tonalidades vivas que se pode às vezes descobrir na carne vibrante. Havia algo em sua atitude, em sua aparência, quando ela inclinava a cabeça contra o encosto alto da cadeira e abria os braços, o que sugeria a mulher nobre, a que governa, que comanda, que se destaca sozinha.

Mas, sentada ali entre seus convidados, ela sentiu a velha disposição dominá-la; a desesperança que tão frequentemente a invadia, que a inundava como uma obsessão, como algo externo, independente da vontade. Era algo que se anunciava; um sopro gelado que parecia partir de alguma grande caverna onde dissonâncias aguardavam. Abatia-se sobre ela a intensa melancolia que sempre trazia à sua visão espiritual a presença do amado, tomando-a imediatamente com a sensação de algo inacessível.

Os momentos passavam, e havia no círculo um sentimento de boa camaradagem, como um acorde místico, aproximando e ligando essas pessoas com laços de humor e riso. O senhor Ratignolle foi o primeiro a quebrar o agradável encanto. Às dez horas, ele pediu licença. Madame Ratignolle o esperava em casa. Ela estava *bien souffrante* e sentia um medo vago que só a presença do marido podia aplacar.

Mademoiselle Reisz levantou-se com o senhor Ratignolle, que se ofereceu para acompanhá-la até o carro. Ela havia comido bem, tinha saboreado bons vinhos, e a bebida devia afetar sua cabeça, porque ela se curvou com gentileza ao despedir-se de todos e retirar-se da mesa. Beijou o ombro de Edna e sussurrou:

– *Bonne nuit, ma reine; soyez sage*[7].

Ficou um pouco desequilibrada ao se levantar, ou melhor, descer de suas almofadas, e o senhor Ratignolle segurou seu braço e a conduziu com galanteria.

A senhora Highcamp entrelaçava uma guirlanda de rosas amarelas e vermelhas. Quando terminou o trabalho, ela depositou a guirlanda sobre os cachos negros de Victor. Ele estava reclinado na cadeira, segurando uma taça de champanhe contra a luz.

Como se varinha mágica o tocasse, a guirlanda de rosas o transformou em uma visão de beleza oriental. As faces tinham a cor de uvas esmagadas, e os olhos brilhavam com um fogo lânguido.

– *Sapristi!* – exclamou Arobin.

---

[7] Boa noite, minha rainha; seja sábia. (N.T.)

Mas a senhora Highcamp tinha mais um toque a acrescentar à imagem. Tirou do encosto de sua cadeira uma echarpe de seda branca, com a qual cobria os ombros no início da noite. Ela envolveu o rapaz com a echarpe, criando dobras graciosas, de forma a esconder seu traje de noite preto, convencional. Victor não parecia se incomodar com o que ela fazia, apenas sorria, exibindo os dentes brancos e brilhantes enquanto continuava fitando com olhos semicerrados a luz através da taça de champanhe.

– Ah! Poder pintar em cores, não em palavras! – exclamou a senhorita Mayblunt, perdendo-se em um sonho rapsódico enquanto o fitava.

– "Havia uma imagem esculpida de Desejo pintado com sangue vermelho em um fundo de ouro" – murmurou Gouvernail.

O efeito do vinho em Victor transformou sua habitual volubilidade em silêncio. Ele parecia ter-se abandonado a um devaneio, e era como se encontrasse visões agradáveis no líquido âmbar.

– Cante – pediu a senhora Highcamp. – Não cantaria para nós?

– Deixe-o quieto – disse Arobin.

– Ele está posando – opinou o senhor Merriman –, deixe-o.

– Creio que está paralisado – riu a senhora Merriman.

E, debruçando-se sobre a cadeira do rapaz, pegou o copo de sua mão e levou-o a seus lábios. Ele bebeu o vinho devagar e, quando esvaziou a taça, deixou-a sobre a mesa e limpou a boca com seu lencinho muito fino.

– Sim, vou cantar para vocês – disse, virando a cadeira para a senhora Highcamp.

Ele uniu as mãos atrás da cabeça e, olhando para o teto, começou a cantarolar baixinho, testando a voz como um músico que afina seu instrumento. Depois, olhando para Edna, começou a cantar:

"*Ah! Si tu savais!*"

– Pare! – ela gritou. – Não cante isso. Não quero que cante isso.

E deixou sua taça sobre a mesa com tanto ímpeto e falta de cuidado que ela quebrou ao se chocar com uma garrafa. O vinho caiu sobre as pernas de Arobin e escorreu para o vestido de gaze preta da senhora Highcamp. Victor havia perdido toda a noção de cortesia, ou achava que a anfitriã não estava falando a sério, porque riu e continuou:

"*Ah! Si tu savais!*"

– Não faça isso! Não faça isso! – exclamou Edna, e empurrou a cadeira para trás, levantou-se e parou atrás dele, cobrindo sua boca com a mão.
Ele beijou a palma suave que apertava seus lábios.
– Não, não, não vou cantar, senhora Pontellier. Não sabia que estava falando a sério. – E a fitou com olhos de carícia.
O toque de seus lábios era como um agradável ardor na mão dela. Edna tirou a guirlanda de rosas da cabeça do convidado e a jogou do outro lado da sala.
– Chega, Victor; já fez seu espetáculo. Devolva a echarpe da senhora Highcamp.
A senhora Highcamp tirou a echarpe dele. A senhorita Mayblunt e o senhor Gouvernail de repente perceberam que era hora de se despedir. E o senhor e a senhora Merriman se perguntaram como podia ser tão tarde.
Antes de despedir-se de Victor, a senhora Highcamp o convidou a ir visitar sua filha, que, ela sabia, ficaria encantada por conhecê-lo, conversar em francês e cantar com ele canções em francês. Victor manifestou o desejo e a intenção de visitar a senhorita Highcamp na primeira oportunidade que se apresentasse. Perguntou se Arobin já estava de saída. Arobin não estava.
Os músicos haviam parado de tocar os bandolins e tinham ido embora fazia já algum tempo. Uma profunda quietude descera sobre a rua larga, bonita. As vozes dos convidados de Edna se dispersando ecoavam como uma nota dissonante na tranquila harmonia da noite.

31

– Então? – perguntou Arobin, que havia ficado com Edna depois da partida de todos.

– Bem – ela respondeu e levantou-se, alongando os braços e sentindo necessidade de relaxar os músculos, depois de ter passado tanto tempo sentada.

– E agora? – ele insistiu.

– Os criados já foram embora. Partiram com os músicos. Eu os dispensei. A casa precisa ser fechada e trancada, e vou a pé para o pombal. Amanhã cedo mando Celestine vir arrumar tudo.

Ele olhou em volta e começou a apagar algumas luzes.

– E lá em cima? – perguntou.

– Acho que está tudo certo. Mas pode haver uma ou duas janelas destrancadas. É melhor olharmos; você pode pegar uma vela e cuidar disso. E traga meu manto e o chapéu que estão no pé da cama, no quarto do meio.

Ele subiu com a vela, e Edna começou a trancar portas e janelas. Odiava fechar a fumaça e os vapores de vinho. Arobin encontrou o manto e o chapéu, os quais trouxe, e a ajudou a vestir.

Quando tudo estava fechado e as luzes foram apagadas, saíram pela porta da frente. Arobin trancou a porta e ficou com a chave, que carregou para Edna. Ele a ajudou a descer a escada.

– Aceita um ramalhete de jasmim? – perguntou, colhendo algumas flores de passagem.

– Não, não quero nada.

Parecia desanimada, sem nada a dizer. Aceitou o braço que ele ofereceu, segurando com a outra mão o peso da saia de cetim. Olhava para baixo, notando a linha preta da perna dele movendo-se tão perto do brilho dourado de seu vestido. O apito de um bonde soou em algum lugar distante, e os sinos da meia-noite começaram a repicar. Não encontraram ninguém na breve caminhada.

O "pombal" ficava atrás de um portão trancado e de um canteiro raso um pouco abandonado. Havia uma varandinha, para a qual se abriam uma janela comprida e a porta da frente. Ao passar pela porta, entrava-se diretamente na sala; não havia entrada lateral. Tinha um quarto para empregados no quintal, e era lá que Celestine estava instalada.

Edna havia deixado uma lamparina acesa sobre a mesa, uma chama baixa. Tinha conseguido tornar a sala habitável, com uma atmosfera doméstica. Havia alguns livros na mesa e um divã. No chão, forragem fresca coberta com um ou dois tapetes; e, nas paredes, alguns quadros de bom gosto. Mas a sala estava cheia de flores. Isso a surpreendeu. Arobin as havia mandado e pediu para Celestine distribuí-las durante a ausência de Edna. O quarto dela ficava ao lado da sala, e do outro lado de um pequeno corredor ficavam a sala de jantar e a cozinha.

Edna sentou-se com uma aparência de desconforto.

– Está cansada? – ele perguntou.

– Sim, e com frio, e muito infeliz. É como se eu tivesse dado corda em mim mesma até o fim, bem apertada, e algo dentro de mim se rompeu. – Ela apoiou a cabeça sobre a mesa, no braço nu.

– Quer descansar e ficar quieta; vou embora. Vou deixar você descansar.

– Sim – ela respondeu.

Ele parou ao lado dela e alisou seu cabelo com a mão macia, magnética. O toque provocou certo conforto físico. Ela poderia dormir ali mesmo, se ele continuasse afagando seu cabelo. Arobin levantou as mechas que cobriam sua nuca.

– Espero que esteja melhor e mais feliz amanhã – disse. – Tentou fazer coisas demais nos últimos dias. O jantar foi a gota de água; podia ter passado sem ele.

– Sim, foi estupidez – ela reconheceu.

– Não, foi delicioso; mas agora está esgotada.

A mão havia deslizado para os belos ombros, e ele podia sentir a resposta da pele ao seu toque. Sentou-se ao lado e a beijou com delicadeza no ombro.

– Pensei que estava de saída – ela falou com voz tensa.

– Estou, depois de me despedir.

– Boa noite.

Ele não respondeu, continuou acariciando seu ombro. Não disse boa-noite enquanto ela não cedeu a suas súplicas brandas, sedutoras.

32

Quando o senhor Pontellier soube da intenção da esposa de abandonar o lar e ir morar em outro lugar, escreveu imediatamente uma carta de desaprovação e protesto. Edna tinha dado razões que ele se recusava a reconhecer como adequadas. Esperava que ela não agisse por impulso; e implorava para que ela considerasse em primeiro lugar, à frente e acima de tudo, o que as pessoas iam dizer. Não estava sonhando com um escândalo ao dar esse aviso; isso era algo que jamais teria passado por sua cabeça em relação ao nome da esposa ou ao dele. Pensava apenas em sua integridade financeira. Havia a possibilidade de surgirem rumores sobre os Pontelliers terem enfrentado reveses que os obrigavam a viver em condições mais humildes que até então. Isso causaria prejuízos incalculáveis a suas perspectivas comerciais.

Mas, ao lembrar-se das repentinas mudanças de comportamento de Edna recentemente, e prevendo que ela agiria imediatamente para pôr em prática a decisão impetuosa, ele enfrentou a situação com a prontidão habitual e lidou com ela com tato e astúcia, características pelas quais era conhecido.

O mesmo correio que levou a carta de desaprovação para Edna também levou instruções – as mais minuciosas instruções – a um conhecido arquiteto com relação a uma reforma da casa, mudanças que ele contemplava fazia tempo e que queria que fossem realizadas durante sua ausência temporária.

Transportadores e empacotadores habilidosos e confiáveis foram contratados para levar a locais seguros mobília, tapetes, quadros, tudo que fosse possível tirar da casa. E, em pouco tempo, a casa dos Pontelliers foi entregue a artesãos. Haveria uma adição, uma pequena sala familiar; seriam acrescentados afrescos, e ele encomendou a instalação de assoalho de madeira nos cômodos que ainda não contavam com essa melhoria.

Além disso, foi publicada uma nota em um dos jornais diários anunciando que o senhor e a senhora Pontellier planejavam uma temporada de verão no exterior e que a bela residência da família na rua Esplanade passava por suntuosas alterações e não estaria pronta para ser ocupada novamente até que eles retornassem. O senhor Pontellier salvou as aparências!

Edna admirou a habilidade da manobra e evitou qualquer ocasião que pudesse desmentir as intenções dele. Quando a situação anunciada pelo senhor Pontellier foi aceita e considerada como certa, ela aparentemente se deu por satisfeita.

A casinha que chamava de pombal a agradava. Assumiu imediatamente a personalidade íntima de um lar, enquanto ela conferia ao lugar um charme que se refletia como uma luminosidade dourada. Tinha a sensação de ter descido na escala social, com um sentimento correspondente de ter ascendido na escala espiritual. Cada passo que dava no sentido de libertar-se de obrigações aumentava sua força e expansão como indivíduo. Edna começou a enxergar com os próprios olhos; a ver e apreender os mais profundos subtons da vida. Não se contentava mais com "opiniões de terceiros"; agora era conduzida pela própria alma.

Depois de algum tempo, alguns dias, na verdade, Edna foi passar uma semana com os filhos em Iberville. Eram dias deliciosos de fevereiro, com toda a promessa do verão pairando no ar.

Como estava feliz por ver seus filhos! Chorou de alegria quando sentiu os bracinhos a apertando; os rostinhos rechonchudos e corados pressionados contra o dela. Olhava para eles com uma avidez que não se contentava só com o olhar. E que histórias eles tinham para contar à mãe! Sobre os porcos, as vacas, as mulas! Sobre cavalgar até o moinho com Gluglu; pescar no lago com tio Jasper; colher pecãs com a prole preta de Lidie, e carregar gravetos e lascas de madeira no trenzinho deles. Era mil vezes mais divertido recolher madeira de verdade para o fogo de verdade da velha Susie do que arrastar blocos coloridos no banquinho na rua Esplanade!

Ela foi com os meninos ver os porcos e as vacas, olhar os negros colhendo a cana, sacudir as árvores de pecã e pegar peixes no lago. Passou com eles uma semana inteira, entregando-se completamente e preenchendo-se com a jovem existência dos pequenos. Eles ouviram quase sem respirar quando ela contou que a casa na rua Esplanade estava cheia de operários martelando, pregando, serrando e fazendo muito barulho. Queriam saber onde estava a cama deles; o que tinha sido feito com seu cavalinho de balançar; e onde o Joe dormia, e para onde tinha ido Ellen, e a cozinheira? Mas, acima de tudo, queriam muito ver a casinha além da esquina. Tinha lugar para brincar? Havia outros meninos nas casas vizinhas? Raoul, com previdência pessimista, ficou convencido de que todas as vizinhas eram meninas. Onde eles dormiriam, e onde o papai dormiria? Ela respondeu que as fadas resolveriam tudo isso.

A velha senhora ficou encantada com a visita de Edna e a cobriu com todo tipo de atenções e delicadezas. Ela ficou muito feliz quando soube que a casa da rua Esplanade estava em obras. Assim, tinha a promessa e o pretexto para ficar com os meninos por tempo indeterminado.

Foi de repente e com uma dor profunda que Edna se separou dos filhos. Levou com ela o som das vozes e o toque de seus rostos. Durante toda a viagem de retorno para casa, a presença dos pequenos a acompanhou como a lembrança de uma canção deliciosa. Mas, quando chegou à cidade, a canção já não ecoava mais em sua alma. Estava novamente sozinha.

33

Às vezes, acontecia de Edna ir visitar *mademoiselle* Reisz e a musicista estar ausente, dando uma aula ou fazendo alguma compra necessária para a casa. A chave ficava sempre em um esconderijo na entrada, que Edna conhecia. Se *mademoiselle* estava fora, Edna entrava e a esperava.

Uma tarde, quando ela bateu à porta de *mademoiselle* Reisz, não houve resposta. Então, ela destrancou a porta e, como sempre, entrou e encontrou o apartamento vazio, como esperava. Seu dia tinha sido cheio, e ela havia ido procurar a amiga para descansar, encontrar refúgio e falar sobre Robert.

Havia trabalhado em sua tela – um estudo de personalidade de um jovem italiano – a manhã toda, completando a obra sem o modelo; mas houve muitas interrupções, uma causada por um pequeno incidente na gestão de sua modesta casa, e outras de natureza social.

Madame Ratignolle se arrastou até lá, evitando as vias muito movimentadas, disse. Reclamou por Edna a ter negligenciado demais, recentemente. Além do mais, estava louca de curiosidade para ver a casinha e a maneira como era conduzida. Queria saber tudo sobre o jantar; o senhor Ratignolle tinha ido embora cedo demais. O que havia acontecido depois disso? O champanhe e as uvas mandados por Edna estavam deliciosos. Ela não tinha muito apetite; eles refrescaram e acalmaram seu estômago. Onde ela pretendia acomodar o senhor Pontellier nessa casinha, e os meninos? E então ela fez Edna prometer que iria vê-la, quando sua hora de provação a encontrasse.

– A qualquer momento, qualquer hora do dia ou da noite – Edna respondeu, com firmeza.

Antes de ir embora, madame Ratignolle disse:

– De alguma maneira, você me parece uma criança, Edna. Parece agir sem a medida de reflexão que é necessária nesta vida. Por isso quero dizer que não deve se aborrecer se eu a aconselhar a ser cuidadosa enquanto estiver morando aqui sozinha. Por que não pede a alguém para vir ficar com você? *Mademoiselle* Reisz não viria?

– Não. Ela não aceitaria vir, e eu não a desejaria o tempo todo comigo.

– Bem, o motivo... Você sabe como o mundo é maldoso... Alguém comentou sobre Alcee Arobin ter vindo visitá-la. É claro, não teria importância se o senhor Arobin não tivesse uma reputação tão terrível. O senhor Ratignolle estava me dizendo que a atenção dele é suficiente para arruinar o nome de uma mulher.

– Ele se gaba de seus sucessos? – Edna perguntou, indiferente, examinando sua pintura com atenção.

– Não, acho que não. Creio que é decente quanto a isso. Mas a personalidade dele é muito conhecida entre os homens. Não poderei voltar para visitá-la; hoje já foi muito, muito imprudente.

– Cuidado com o degrau! – gritou Edna.

– Não me abandone – pediu madame Ratignolle – e não se aborreça com o que eu disse sobre Arobin ou sobre encontrar alguém para vir ficar com você.

– É claro que não – Edna riu. – Pode me dizer o que quiser.

Elas se despediram com um beijo. Madame Ratignolle não teria de ir muito longe, e Edna ficou na varanda durante algum tempo, vendo a amiga se afastar.

Então, à tarde, a senhora Merriman e a senhora Highcamp fizeram sua "visita social". Edna achava que elas poderiam ter dispensado a formalidade. Elas também foram convidá-la para jogar vinte e um na casa da senhora Merriman uma noite dessas. Ela foi convidada para ir cedo, para o jantar, e o senhor Merriman ou o senhor Arobin a levariam para casa. Edna aceitou sem muito entusiasmo. Às vezes se cansava da senhora Highcamp e da senhora Merriman.

No fim da tarde, ela buscou refúgio na casa de *mademoiselle* Reisz e ficou lá sozinha, esperando por ela, sentindo-se invadida por uma espécie de tranquilidade na atmosfera despretensiosa da sala simples.

Edna sentou-se perto da janela, de onde via os telhados das casas e a outra margem do rio. O parapeito tinha vasos de flores, e ela tirou as folhas secas de um vaso de gerânios. O dia era quente, e a brisa que soprava do rio era muito agradável. Ela tirou o chapéu e o deixou em cima do piano. Continuou tirando as folhas secas e cavando a terra das plantas com um grampo de cabelo. Uma vez pensou ter ouvido *mademoiselle* Reisz se aproximando. Mas era uma menina negra, que entrou com um fardo de roupas lavadas, o qual deixou no quarto ao lado antes de sair.

Edna sentou-se ao piano e tocou com uma das mãos as notas de uma partitura aberta diante dela. Meia hora passou. Às vezes ela ouvia o barulho de pessoas indo e vindo no corredor do andar de baixo. Estava se interessando pela atividade de tocar as notas da ária quando alguém bateu à porta. Por um instante, ela pensou no que as pessoas faziam quando encontravam a porta de *mademoiselle* trancada.

– Entre – disse, e virou para olhar para a porta.

E dessa vez foi Robert Lebrun quem se apresentou. Ela tentou levantar; não teria conseguido, não sem trair a agitação que a dominou quando o viu, por isso continuou sentada, e apenas exclamou:

– Ora, Robert!

Ele se aproximou e segurou sua mão, aparentemente sem saber o que diria ou faria.

– Senhora Pontellier! Como veio... Ah! Sua aparência está ótima! *Mademoiselle* Reisz não está aqui? Não esperava encontrá-la.

– Quando voltou? – Edna perguntou com voz trêmula, limpando o rosto com o lenço. Parecia estar pouco à vontade na banqueta do piano, e ele a convidou para sentar-se na cadeira perto da janela.

Ela atendeu à sugestão com uma resposta mecânica, e ele sentou na banqueta.

– Voltei antes de ontem – respondeu, apoiando o braço nas teclas e provocando uma explosão de notas dissonantes.

– Antes de ontem! – Edna repetiu em voz alta, e continuou pensando, "antes de ontem", sem realmente compreender. Havia imaginado que ele a procuraria assim que chegasse, e estavam sob o mesmo céu desde antes de ontem; e agora, só por acidente, ele a encontrava. *Mademoiselle* devia ter mentido quando disse que ele a amava. – Antes de ontem – ela repetiu, arrancando um ramalhete de gerânios do vaso de *mademoiselle*. – Então, se não me encontrasse aqui hoje, não teria... quando... quero dizer, não pretendia ir me ver?

– É claro que teria ido vê-la. Têm acontecido muitas coisas... – Ele virou as páginas da partitura de *mademoiselle*, demonstrando certo nervosismo. – Voltei a trabalhar ontem mesmo na antiga firma. Afinal, as chances que tenho aqui são as mesmas que tive lá... isto é, um dia posso fazê-la lucrativa. Os mexicanos não foram muito simpáticos.

Então, ele voltou porque os mexicanos não foram muito simpáticos; porque os negócios eram tão lucrativos aqui quanto lá; por qualquer motivo, não por desejar estar perto dela. Ela se lembrou do dia em que, sentada no chão, virou as páginas de uma carta enviada por ele, buscando o motivo que ele havia deixado por revelar.

Não tinha estudado sua aparência, apenas sentia sua presença; mas virou deliberadamente para observá-lo. Afinal, ele só esteve ausente por alguns meses e não mudou nada. Os cabelos – da mesma cor dos dela – eram penteados para trás como antes. A pele não estava mais bronzeada do que a vira em Grand Isle. Quando ele a fitou por um momento silencioso, ela viu em seus olhos a mesma ternura, com um toque a mais de afeto e súplica que antes não existia, o mesmo olhar que havia penetrado locais adormecidos de sua alma e os despertado.

Edna havia imaginado a volta de Robert uma centena de vezes, imaginado o primeiro encontro entre eles. Normalmente na casa dela, onde ele a havia procurado imediatamente. Sempre o vislumbrava declarando ou traindo de alguma forma seu amor por ela. E agora a realidade era que estavam sentados a três metros de distância, ela ao lado da janela, esmagando folhas de gerânio e as cheirando, ele na banqueta do piano, que girava de um lado para o outro ao dizer:

– Fiquei muito surpreso ao saber da ausência do senhor Pontellier; é estranho que *mademoiselle* Reisz não tenha me contado. E sua mudança... minha mãe me contou ontem. Pensei que tivesse ido com ele para Nova York, ou para Iberville com as crianças, não que estivesse aqui se ocupando dos cuidados com a casa. E também ouvi dizer que vai viajar. Não a teremos em Grand Isle no próximo verão; não parece... costuma passar muito tempo com *mademoiselle* Reisz? Ela sempre a mencionou nas poucas cartas que escreveu.

– Lembra que prometeu escrever para mim enquanto estivesse fora? – Um rubor se espalhou por todo o seu rosto.

– Não pensei que minhas cartas pudessem ter algum interesse para você.

– Isso é uma desculpa; não é a verdade. – Edna pegou o chapéu sobre o piano. Colocou-o na cabeça e o prendeu com um grampo, que introduziu no coque pesado com alguma deliberação.

– Não vai esperar *mademoiselle* Reisz? – Robert perguntou.

– Não. Descobri que, quando ela demora tanto assim, provavelmente só vai voltar tarde. – Calçou as luvas, e Robert pegou seu chapéu. – Não vai esperá-la? – Edna perguntou.

– Não, se acha que ela só vai voltar tarde. – E, como se percebesse alguma indelicadeza em seu discurso, acrescentou: – E lamentaria perder o prazer de acompanhá-la.

Edna trancou a porta e devolveu a chave ao esconderijo.

Eles caminharam juntos pelas ruas enlameadas, por calçadas ocupadas pelos produtos baratos dos ambulantes. Percorreram parte da distância no carro e, depois de desembarcarem, passaram pela mansão Pontellier, que parecia meio destruída. Robert não conhecia a casa e olhou para ela com interesse.

– Nunca estive em sua casa – comentou.

– Fico feliz por isso.

– Por quê?

Ela não respondeu. Eles viraram na esquina, e foi como se os sonhos dela estivessem se realizando, afinal, quando ele a acompanhou para dentro da casinha.

– Fique e jante comigo, Robert. Como vê, estou sozinha, e faz muito tempo que não o vejo. Há muitas coisas que eu gostaria de perguntar.

Ela tirou o chapéu e as luvas. Ele parecia indeciso, oferecendo desculpas sobre a mãe estar esperando por ele; até resmungou alguma coisa sobre um compromisso. Edna riscou um fósforo e acendeu a lamparina sobre a mesa; estava escurecendo. Quando ele viu seu rosto triste à luz da chama, com todas as linhas evidentes, jogou o chapéu para o lado e sentou-se.

– Ah! Você sabe que quero ficar, se permitir! – ele exclamou.

Toda a suavidade voltava. Ela riu e se aproximou para tocar seu ombro.

– Este é o primeiro momento em que você parece o Robert de antes. Vou avisar Celestine. – Ela se afastou para ir pedir a Celestine para pôr mais um lugar à mesa. Até a mandou comprar alguma iguaria em que não teria pensado para si mesma. E recomendou grande cuidado ao preparar o café e a omelete.

Quando voltou à sala, Robert estava olhando revistas, desenhos e coisas espalhadas em desordem sobre a mesa. Ele pegou uma fotografia e exclamou:

– Alcee Arobin! Que diabos esta foto faz aqui?

– Tentei fazer um desenho da cabeça dele, um dia desses – respondeu Edna –, e ele achou que a fotografia poderia me ajudar. Foi na outra casa. Deve ter ficado lá, e acabei trazendo com o material de desenho.

– Devia ter devolvido a ele, se já terminou o trabalho.

– Ah, eu tenho muitas fotografias como essa. Nunca penso em devolvê-las. Não representam nada.

Robert continuava olhando para o retrato.

– Eu acho... acha que vale a pena desenhar a cabeça dele? Ele é amigo do senhor Pontellier? Nunca falou que o conhecia.

– Ele não é amigo do senhor Pontellier; é meu amigo. Eu o conheço bem... ou melhor, só o conheci bem recentemente. Mas prefiro falar sobre você, quero saber o que viu, fez e sentiu lá no México.

Robert deixou a foto de lado.

– Vi as ondas e a praia branca de Grand Isle; a rua quieta e gramada de Cheniere; o velho forte em Grand Terre. Trabalhei como uma máquina e me senti como uma alma perdida. Não havia nada interessante.

Ela apoiou a cabeça na mão para proteger os olhos da luz.

– E você, o que andou vendo, fazendo e sentindo ultimamente? – perguntou Robert.

– Tenho visto as ondas e a praia branca de Grand Isle; a rua quieta e gramada de Cheniere Caminada; o velho forte ensolarado de Grande Terre. Tenho trabalhado com um pouco mais de compreensão do que tem uma máquina, e ainda me sinto como uma alma perdida. Não houve nada de interessante.

– Você é cruel, senhora Pontellier – ele disse com sentimento, fechando os olhos e apoiando a cabeça no encosto da cadeira.

Eles ficaram em silêncio até Celestine anunciar o jantar.

34

A sala de jantar era muito pequena. A mesa redonda de mogno de Edna a teria enchido quase completamente. Na configuração atual, já havia apenas dois passos entre a mesinha da cozinha e o console, um minúsculo aparador e a porta lateral que se abria para um pequeno pátio calçado com pedras.

Um certo grau de cerimônia se impôs entre eles com o anúncio do jantar. Não voltaram à interação pessoal de antes. Robert relatou incidentes de sua temporada no México, e Edna falou de fatos que poderiam interessar a ele, coisas que aconteceram durante sua ausência. O jantar foi comum, com exceção das iguarias que ela havia mandado buscar. A velha Celestine, com uma bandana envolvendo a cabeça, entrava e saía, demonstrando interesse pessoal em tudo; e ela se demorava um pouco mais ocasionalmente para trocar algumas palavras com Robert, que conheceu menino.

Ele foi a uma banca de charutos ali perto para comprar papéis para cigarro e, ao voltar, descobriu que Celestine tinha servido o café na sala.

– Eu não deveria ter voltado – disse. – Quando se cansar de mim, é só me mandar embora.

– Você nunca me cansa. Deve ter esquecido as horas e horas em Grand Isle, quando nos acostumamos um com o outro e a estarmos juntos.

– Não me esqueci de nada sobre Grand Isle – ele disse, sem olhar para ela, enquanto enrolava um cigarro. Sua bolsinha de tabaco, que deixara sobre a mesa, era uma peça de seda bordada, evidentemente feita por uma mulher.

– Antes você carregava o tabaco em um estojo de borracha – Edna comentou, pegando a bolsa para examinar o trabalho.

– Sim. E o perdi.

– Onde comprou esta bolsa? No México?

– Ganhei de uma menina de Vera Cruz; eles são muitos generosos – Robert respondeu, riscando um fósforo e acendendo um cigarro.

– E suponho que sejam muito bonitas essas mulheres mexicanas; muito pitorescas, com aqueles olhos negros e os lenços de renda.

– Algumas são; outras são horrorosas, como as mulheres em todos os lugares.

– Como ela era... essa de quem ganhou a bolsa? Deve tê-la conhecido bem.

– Ela era muito comum. Não teve a menor importância. E eu a conheci bem o bastante.

– Foi visitar a casa dela? Era interessante? Eu gostaria de saber e ouvir sobre as pessoas que conheceu e as impressões que deixaram em você.

– Algumas pessoas deixam impressões menos duradouras que o contato de um remo com a água.

– Ela foi uma dessas pessoas?

– Seria pouco generoso de minha parte admitir que sim, mas ela foi, sim, uma dessas pessoas. – Ele guardou a bolsinha no bolso, como se quisesse remover também o assunto trazido por Edna.

Arobin apareceu com uma mensagem da senhora Merriman, que avisava que o jogo de cartas tinha sido adiado por causa da enfermidade de um de seus filhos.

– Como vai, Arobin? – perguntou Robert, surgindo do interior da casa.

– Ah! Lebrun! É claro. Ontem ouvi alguém dizer que você tinha voltado. Como foi tratado em *Mexique*?

– Muito bem.

– Mas não bem o bastante para ficar por lá. Porém, as mexicanas são estonteantes. Quando estive em Vera Cruz, há dois anos, cheguei a pensar que nunca mais sairia de lá.

– Elas bordaram chinelos, bolsas de tabaco e faixas de chapéu para você? – perguntou Edna.

– Oh, céus! Não! Não travei nenhuma relação tão profunda. Receio que elas tenham me impressionado mais do que eu as impressionei.

– Teve menos sorte que Robert, então.

– Eu sempre tenho menos sorte que Robert. Ele estava fazendo confidências ternas?

– Já impus minha presença por mais tempo do que deveria – Robert anunciou, levantando-se e trocando um aperto de mãos com Edna. – Por favor, transmita minhas recomendações ao senhor Pontellier quando escrever para ele.

Ele apertou a mão de Arobin e saiu.

– Bom sujeito, esse Lebrun – disse Arobin assim que o outro saiu. – Nunca ouvi você falar sobre ele.

– Eu o conheci no verão passado, em Grand Isle – respondeu Edna. – Aqui está sua foto. Não a quer de volta?

– Para quê? Jogue-a fora – ele disse, e a jogou em cima da mesa.

– Não vou à casa da senhora Merriman. Se a vir, avise-a. Mas talvez seja melhor eu escrever. Acho que vou escrever agora, dizer que lamento que o filho dela tenha adoecido e informar que ela não deve contar comigo.

– Boa ideia – Arobin concordou. – Entendo sua decisão. Gente estúpida!

Edna abriu o tinteiro, pegou papel e caneta e começou a escrever a nota. Arobin acendeu um charuto e leu o jornal da noite, que levava no bolso.

– Que dia é hoje? – ela perguntou.

Ele respondeu.

– Pode enviar esta mensagem por mim quando sair?

– É claro.

Ele leu em voz alta alguns trechos das notícias, enquanto Edna arrumava as coisas sobre a mesa.

– O que quer fazer? – ele perguntou, jogando o jornal de lado. – Quer sair para caminhar, ou alguma outra coisa? A noite está ótima para um passeio.

– Não. Não quero fazer nada, só ficar quieta. Vá você e divirta-se. Não fique.

– Eu vou, se tiver de ir; mas não vou me divertir. Sabe que só vivo quando estou perto de você.

Ele levantou para se despedir.

– Essa é uma das coisas que você sempre diz às mulheres?

– Já disse antes, mas acho que nunca estive tão perto de ser sincero – ele respondeu sorrindo. Não havia afeto em seu olhar, apenas uma expressão sonhadora, ausente. – Boa noite. Adoro você. Durma bem – ele disse, e beijou a mão dela antes de sair.

Edna ficou sozinha e pensativa, imersa em uma espécie de estupor. Passo a passo, reviveu cada instante que teve com Robert, desde que ele passou pela porta da casa de *mademoiselle* Reisz. Lembrou suas palavras, sua expressão. Como foram poucas e vazias, para um coração faminto! Uma visão... uma visão transcendentalmente sedutora de uma jovem mexicana surgiu diante dela. O ciúme a contorcia por dentro de maneira dolorosa. Queria saber quando ele voltaria. Ele nem disse que voltaria. Esteve com ele, ouviu sua voz e tocou sua mão. Mas, de algum jeito, ele parecia mais próximo quando estava no México.

35

A manhã era cheia de sol e esperança. Ficou deitada na cama, acordada, com os olhos cheios de especulação. "Ele a ama, pobre tolo." Se conseguisse ter essa certeza, que importância teria o resto? Sentia que havia sido infantil e inconsequente na noite anterior. Recapitulou os motivos que, sem dúvida, explicavam a reserva de Robert. Não eram intransponíveis; não se sustentariam, se ele realmente a amasse; não poderiam resistir à sua própria paixão, que ele passaria a perceber, com o tempo. Ela o imaginou indo para o trabalho naquela manhã. Viu até como ele estava vestido; como andava por uma rua e virava em uma esquina para seguir por outra; viu como ele se debruçava sobre a mesa, conversando com pessoas que entravam no escritório, indo almoçar, talvez até procurando por ela na rua. Ele viria visitá-la à tarde ou à noite, sentaria e enrolaria um cigarro, conversaria um pouco e iria embora como na noite anterior. Mas como seria delicioso tê-lo ali com ela! Não teria pesares nem tentaria derrubar sua reserva, se ele ainda preferisse mantê-la.

Edna tomou o desjejum sem se vestir completamente. A criada trouxe para ela um bilhete rabiscado por Raoul, no qual ele expressava seu amor, pedia para ela mandar bombons e contava que, naquela manhã, eles encontraram dez pequenos porquinhos brancos deitados enfileirados ao lado da grande porca branca de Lidie.

Chegou também uma carta do marido informando que ele esperava estar de volta no início de março, e então se preparariam para a viagem ao exterior, que ele prometia há tanto tempo e agora sentia que podia bancar; ele se sentia capaz de viajar como deveria ser, sem se preocupar com pequenas economias, graças às recentes especulações em Wall Street.

Para sua surpresa, ela recebeu um bilhete de Arobin, escrito à meia-noite no clube. Era para desejar bom-dia, dizer que ele esperava que ela tivesse dormido bem e prometer devoção, à qual ele esperava, mesmo da maneira mais branda, que ela correspondesse.

Todas essas mensagens a agradaram. Ela respondeu ao filho com uma disposição alegre, prometendo bombons e comemorando a feliz descoberta dos porquinhos.

Respondeu ao marido de um jeito amistoso e evasivo – não com a intenção maliciosa de enganá-lo, mas porque toda a noção de realidade havia desaparecido de sua vida; entregava-se ao destino e esperava as consequências com indiferença.

Edna não respondeu à mensagem de Arobin. Deixou-a embaixo da tampa do fogão de Celestine.

Edna trabalhou, animada, durante várias horas. Não viu ninguém, exceto um comerciante de quadros, que perguntou se era verdade que ela estava de partida para estudar em Paris.

Edna respondeu que era possível, e ele negociou com ela alguns estudos parisienses para serem postos à venda em dezembro.

Robert não apareceu naquele dia. Ela ficou muito desapontada. Ele também não foi vê-la no dia seguinte nem no outro. Edna acordava esperançosa todas as manhãs, e todas as noites se entregava ao desânimo. Sentia-se tentada a procurá-lo. Mas, longe de ceder ao impulso, evitava qualquer ocasião que pudesse colocá-la no caminho dele. Não foi à casa de *mademoiselle* Reisz nem passou perto da de madame Lebrun, como teria feito se ele ainda estivesse no México.

Uma noite, quando Arobin a convidou para um passeio, ela aceitou. Foram até o lago em Shell Road. Os cavalos dele eram impetuosos, até um pouco incontroláveis. Ela gostava do trote rápido, do som acelerado e intenso dos cascos na estrada dura. Não pararam em nenhum lugar para comer ou beber. Arobin não era desnecessariamente imprudente.

Eles comeram e beberam quando voltaram à salinha de jantar de Edna, embora ainda fosse relativamente cedo.

Era tarde quando ele a deixou. Para Arobin, vê-la e estar com ela começava a ultrapassar o limite do capricho passageiro. Ele havia detectado sua sensualidade latente, que desabrochava sob a delicada noção que tinha de suas necessidades naturais como uma flor sensível, quente.

Não havia desânimo quando ela adormeceu naquela noite. Também não havia esperança na manhã seguinte, quando acordou.

36

Havia um jardim no subúrbio; um pequeno recanto com algumas mesas verdes sob laranjeiras. Um gato velho dormia o dia todo ao sol, no degrau de pedra, e uma velha *mulatresse* dormia em suas horas de folga na cadeira ao lado da janela aberta, até alguém aparecer e bater em uma das mesas verdes. Ela vendia leite e *cream cheese*, pão e manteiga. Ninguém era capaz de preparar um café tão bom ou fritar um frango tão dourado quanto ela.

O lugar era modesto demais para chamar a atenção das pessoas da sociedade e tão tranquilo que passava despercebido por aqueles que buscavam prazer e diversão. Edna o descobriu por acidente um dia, quando o portão alto estava encostado. Viu uma mesinha verde, pintada de xadrez pelo sol que atravessava a copa das árvores frondosas sobre ela. Lá dentro ela encontrou a *mulatresse* sonolenta, o gato dorminhoco e um copo de leite que a fez lembrar-se daquele que havia saboreado em Iberville.

Era comum parar ali em suas perambulações; às vezes levava um livro e passava uma ou duas horas sentada embaixo das árvores, quando encontrava o local deserto. Uma ou duas vezes, jantou por lá sozinha, depois de instruir Celestine a não preparar a refeição em casa. Era o último lugar da cidade onde esperava encontrar algum conhecido.

Mas não se assustou quando, ao saborear um modesto jantar em um fim de tarde, olhando para um livro aberto, afagando o gato, que agora era seu amigo, viu Robert passar pelo portão alto do jardim.

– É meu destino ver você só por acidente – disse, empurrando o gato da cadeira a seu lado.

Robert ficou surpreso, pouco à vontade, quase constrangido com o encontro tão inesperado.

– Vem aqui com frequência? – perguntou.

– Eu quase moro aqui – ela contou.

– Eu costumava vir muito frequentemente para tomar uma xícara do bom café de Catiche. Esta é a primeira vez, desde que voltei.

– Ela pode trazer um prato, e dividimos meu jantar. Sempre tem o suficiente para dois... até três.

Edna pretendia ser indiferente e tão reservada quanto ele quando se encontrassem; tinha tomado essa decisão depois de muito pensar, em um de seus episódios de desânimo. Mas a resolução desapareceu quando ela o viu ali, posto em seu caminho pela Providência.

– Por que tem me evitado, Robert? – perguntou, fechando o livro sobre a mesa.

– Por que tem de ser tão pessoal, senhora Pontellier? Por que me obriga a subterfúgios idiotas? – ele indagou, alterado. – Suponho que seja inútil dizer que tenho estado ocupado, ou que estive doente, ou que fui procurá-la e não a encontrei em casa. Por favor, poupe-me de ter de oferecer uma dessas desculpas.

– Você é a personificação do egoísmo. Esconde alguma coisa, não sei o que é, mas tem algum motivo egoísta e, ao se preservar, não considera nem por um momento o que penso ou como me sinto com sua negligência e indiferença. Suponho que isso é o que chamam de atitudes impróprias para uma mulher, mas tenho o hábito de me expressar. Não me importa, pode me considerar pouco feminina, se quiser.

– Não, só a considero cruel, como disse outro dia. Talvez não seja intencionalmente cruel, mas me força a fazer revelações que não podem resultar em nada. É como se me obrigasse a exibir uma ferida pelo prazer de olhar para ela, sem a intenção ou o poder de curá-la.

– Estou arruinando seu jantar, Robert; esqueça o que eu disse. Não tocou na comida.

– Só vim para tomar um café. – O rosto dele estava desfigurado pela agitação.

– Não é um lugar delicioso? – Edna comentou. – Fico muito feliz por nunca ter sido descoberto. É tão quieto, tão agradável. Notou que quase não se ouve nenhum som? É bem fora dos caminhos mais conhecidos e bem distante, mesmo que de carroça. No entanto, não desgosto de caminhar. Sempre senti pena das mulheres que não gostam de andar; perdem tanta coisa, tantos vislumbres raros da vida; e nós, mulheres, conhecemos muito pouco da vida, no geral. O café de Catiche é sempre quente. Não sei como ela consegue, estando ao ar livre. O café de Celestine esfria no caminho entre a cozinha e a sala de jantar. Três cubos! Como consegue beber o café tão doce? Pegue um pouco do agrião para acompanhar a costeleta; está crocante e fresco. E aqui tem a vantagem de poder fumar, enquanto toma seu café. Já na cidade... Não vai fumar?

– Daqui a pouco. – Ele deixou um charuto sobre a mesa.

– De quem ganhou esse?

– Comprei. Acho que estou ficando descuidado. Comprei uma caixa inteira.

Ela estava determinada a não voltar ao terreno pessoal, não provocar mais nenhum desconforto.

O gato fez amizade com ele e subiu no colo de Robert quando ele fumava o charuto. Ele afagou o pelo sedoso e falou um pouco sobre o animal. Olhou para o livro de Edna, que já tinha lido; e contou o final, para poupá-la do trabalho de ter de ir até a última página, disse.

Novamente, ele a acompanhou de volta para casa; e já estava escuro quando chegaram ao pequeno "pombal". Ela não o convidou para ficar, pelo que Robert se sentiu grato, já que assim podia ficar sem o desconforto de inventar uma desculpa, que não pretendia considerar. Ele a ajudou a acender a lamparina. Em seguida, Edna se dirigiu ao quarto para tirar o chapéu e banhar o rosto e as mãos.

Quando ela voltou, Robert não estava examinando as fotos e revistas, como antes; estava sentado em um canto de sombras, com a cabeça apoiada no encosto da cadeira, como em devaneio. Edna ficou parada ao lado da mesa por um momento, arrumando os livros. Depois atravessou a sala para se aproximar dele. Debruçou-se sobre o braço da cadeira e o chamou pelo nome.

– Robert – disse –, está dormindo?

– Não – ele respondeu, e olhou para ela.

Edna inclinou-se e o beijou, um beijo suave, fresco e delicado, cuja voluptuosidade penetrou todo o seu ser, depois se afastou. Ele a tomou outra vez nos braços e a segurou perto dele. Ela tocou o rosto dele e o aproximou do dela. O gesto era cheio de amor e ternura. Edna o beijou novamente. Então ele a levou para o sofá, sentaram-se lado a lado, e ele segurou sua mão.

– Agora você sabe – disse –, agora sabe que estou lutando contra isso desde o último verão em Grand Isle; foi o que me levou para longe e o que me trouxe de volta.

– Por que lutou contra isso? – O rosto dela era radiante.

– Por quê? Porque você não era livre; era a esposa de Leonce Pontellier. Eu não poderia deixar de amar você, nem que se casasse com ele dez vezes, mas, enquanto me mantivesse afastado, seria possível esconder.

Edna pôs a mão livre sobre o ombro dele, depois novamente no rosto másculo, afagando com carinho. Robert a beijou outra vez. O rosto dela estava quente e corado.

– Lá no México, pensei em você o tempo todo, senti saudade.

– Mas não escreveu para mim – ela o interrompeu.

– Alguma coisa me fez acreditar que você gostava de mim, e perdi a razão. Esqueci tudo e passei a acalentar um sonho louco de que, de algum jeito, você se tornaria minha esposa.

– Sua esposa!

– Religião, lealdade, nada mais seria um obstáculo se você gostasse de mim.

– Então, deve ter-se esquecido de que eu era esposa de Leonce Pontellier.

– Ah, eu enlouqueci, passei a sonhar com coisas insanas, impossíveis, lembrei-me de homens que libertaram suas esposas, já ouvimos falar dessas coisas.

– Sim, ouvimos.

– Voltei tomado por intenções vagas, loucas. E, quando cheguei aqui...

– Quando chegou aqui, passou a me evitar! – Edna ainda acariciava o rosto dele.

– Percebi que era um idiota por sonhar com isso, mesmo que você também me quisesses.

Ela segurou o rosto de Robert entre as mãos e o fitou como se nunca mais fosse desviar o olhar. Beijou-o na testa, nos olhos, nas faces e nos lábios.

– Você tem sido muito, muito bobo, perdendo seu tempo com sonhos de coisas impossíveis e falando em o senhor Pontellier me libertar! Não sou mais uma das posses do senhor Pontellier; ele não pode mais dispor de mim. Vivo como quiser. Se ele dissesse "Muito bem, Robert, leve-a e seja feliz, ela é sua", eu riria dos dois.

Ele empalideceu.

– O que quer dizer? – perguntou.

Alguém bateu à porta. A velha Celestine entrou na sala para dizer que a criada de madame Ratignolle havia deixado uma mensagem na porta dos fundos. Madame estava doente e pedia para a senhora Pontellier ir vê-la imediatamente.

– Sim, sim. – Edna se levantou do sofá. – Eu prometi. Diga a ela que sim, que espere por mim. Vou agora mesmo ter com ela.

– Deixe-me acompanhá-la – Robert ofereceu.

– Não. Eu vou com a criada. – Ela se dirigiu ao quarto para pôr o chapéu e, quando voltou, sentou-se mais uma vez no sofá, ao lado dele.

Robert não tinha se mexido. Ela passou os braços em torno do pescoço dele.

– Até logo, meu doce Robert.

Ele a beijou com uma paixão que até então não havia temperado suas carícias e a apertou contra o peito.

– Amo você – Edna sussurrou –, só você; ninguém além de você. Foi você quem me acordou no verão passado de um sonho longo e estúpido. Ah, como me fez infeliz com sua indiferença! Sofri tanto, sofri! Agora que está aqui, devemos nos amar, Robert. Devemos ser tudo um para o outro. Nada mais importa. Tenho de ir ver minha amiga; mas esperaria por mim? Não importa que fique tarde. Vai esperar por mim, Robert?

– Não vá; não vá! Ah, Edna, fique comigo – ele pediu. – Por que tem de ir? Fique comigo, fique comigo.

– Voltarei assim que puder. Quero encontrá-lo aqui.

Ela enterrou o rosto no pescoço dele e se despediu novamente. A voz sedutora de Edna, associada ao grande amor de Robert por ela, o havia cativado, privado de qualquer impulso que não fosse o de abraçá-la, mantê--la ao lado dele.

37

Edna olhou dentro da drogaria. O senhor Ratignolle estava preparando uma mistura com todo o cuidado, despejando um líquido vermelho em um copinho. Ele agradeceu por Edna ter vindo; a presença dela seria um conforto para sua esposa. A irmã de madame Ratignolle, que sempre estivera com ela nesses momentos difíceis, não pôde vir da fazenda, e Adele estava inconsolável, até que a senhora Pontellier prometeu que atenderia a seu chamado. A enfermeira passava a noite com eles na última semana, pois morava muito longe. E o doutor Mandelet ia e vinha a tarde toda. Estavam esperando por ele a qualquer momento.

Edna subiu apressada por uma escada particular que levava do fundo da loja aos apartamentos superiores. As crianças dormiam em um quarto dos fundos. Madame Ratignolle estava no salão, onde havia ficado entregue à sua impaciência. Sentada no sofá, vestia um penhoar branco e amplo e segurava um lencinho, que apertava na mão em uma espécie de espasmo nervoso. O rosto estava contraído e tenso; os doces olhos azuis eram atormentados e nada naturais. O cabelo lindo havia sido puxado para trás e trançado. A longa trança caía sobre a almofada do sofá, enrolada como uma serpente dourada. A enfermeira, uma mestiça vestida com avental e touca brancos, tentava convencê-la a voltar ao quarto.

– É inútil, é inútil – ela disse imediatamente a Edna. – Temos de nos livrar de Mandelet. Ele está ficando velho e descuidado. Disse que estaria aqui às sete e meia. Já devem ser oito horas. Veja que horas são, Josephine.

A mulher tinha uma natureza alegre e recusava-se a tratar a situação com seriedade exagerada, especialmente por estar muito acostumada com ela. Incentivava madame a ter coragem e paciência. Mas madame só mordeu o lábio inferior com força, e Edna viu as gotas de suor brotando em sua testa branca. Depois de um ou dois momentos, ela suspirou e limpou o rosto com o lenço, que havia amassado e transformado em uma bola. Parecia exausta. A enfermeira deu a ela um lenço limpo, salpicado com água de colônia.

– Isso é demais! – ela gritou. – Mandelet deveria ser morto! Onde está Alphonse? É possível que eu seja negligenciada desse jeito, abandonada por todos?

– Negligenciada, francamente! – exclamou a enfermeira.

Não estava ali? E a senhora Pontellier não deixava uma noite certamente agradável em casa para dedicar-se a ela? E o senhor Ratignolle não se aproximava pelo corredor naquele mesmo instante? E Josephine tinha certeza absoluta de ter ouvido o veículo do doutor Mandelet. Sim, lá estava ele, à porta.

Adele aceitou voltar para o quarto. Sentou-se na beirada de um sofá baixo, ao lado da cama.

Doutor Mandelet não prestou atenção às repreensões de madame Ratignolle. Estava acostumado a ouvi-las em momentos como esse e convencido demais de sua lealdade para duvidar dela.

Ele ficou feliz por ver Edna e a convidou a acompanhá-lo ao salão. Mas madame Ratignolle não permitiu que ela a deixasse, nem por um instante. Entre os momentos de agonia, ela conversava um pouco, e disse que assim se distraía do sofrimento.

Edna começou a se sentir perturbada. Foi tomada por um medo vago. As experiências pessoais pareciam distantes, irreais, e só se lembrava delas parcialmente. Lembrava-se vagamente de uma onda de dor, do cheiro pesado de clorofórmio, de um estupor que afastava as sensações e de despertar ao lado de uma nova vida, que ela havia produzido, além de inúmeras pessoas indo e vindo.

Ela começou a desejar não ter vindo; sua presença não era necessária. Poderia ter inventado um pretexto para ficar longe; poderia até inventar um pretexto para ir embora agora. Mas Edna não foi. Com uma agonia silenciosa, com uma revolta ardente contra a natureza, testemunhou a cena de tortura.

Ainda estava perplexa e sem fala de tanta emoção quando, mais tarde, inclinou-se sobre a amiga para beijá-la e se despedir. Adele tocou seu rosto e sussurrou com voz exausta:

– Pense nas crianças, Edna. Pense nas crianças! Lembre-se delas!

38

Edna ainda se sentia tonta quando saiu. O veículo do médico tinha voltado para apanhá-lo e estava parado diante da casa. Ela não quis o conforto do coche, disse que preferia voltar para casa caminhando; não tinha medo, iria sozinha. Ele instruiu o cocheiro para ir encontrá-lo na casa da senhora Pontellier e começou a andar ao lado dela.

Foram subindo a rua estreita de casas altas, sob estrelas cintilantes. O ar era brando, mas frio com o sopro da primavera e da noite. Eles andavam devagar, o médico com passos medidos, as mãos unidas às costas; Edna à sua maneira distraída, como havia caminhado certa noite em Grand Isle, como se seus pensamentos a precedessem e ela tentasse alcançá-los.

– Não deveria ter ido, senhora Pontellier – ele disse. – Não era lugar para você. Adele é cheia de caprichos nessas horas. Havia uma dúzia de outras mulheres que poderiam tê-la amparado, mulheres menos impressionáveis. Sinto que foi cruel, muito cruel. Não deveria ter ido.

– Ah, bem – ela respondeu indiferente. – Não sei que importância tem isso, afinal. É preciso pensar nos filhos, uma hora ou outra; quanto antes, melhor.

– Quando Leonce volta?

– Em breve. Março, em algum momento.

– E vão viajar para o exterior?

– Talvez... Não, eu não vou. Não vou me deixar forçar a fazer coisas. Não quero ir para o exterior. Quero ficar sozinha. Ninguém tem nenhum direito, exceto meus filhos, talvez, e, mesmo assim, acho, ou achava... – Ela sentiu que o discurso expressava a incoerência de seus pensamentos, e parou de repente.

– O problema – disse o médico, apreendendo o significado de suas palavras de maneira intuitiva – é que os jovens são dados a ilusões. Parece ser uma decisão da natureza; um chamariz para garantir mães na raça. E a natureza não leva em consideração consequências morais, ou condições arbitrárias que criamos, e que nos sentimos obrigados a manter a qualquer custo.

– Sim – ela concordou. – Os anos que passaram parecem sonhos, se fosse possível continuar dormindo e sonhando, mas acordar e descobrir... ah, bem, talvez seja melhor acordar, afinal, mesmo que para sofrer, em vez de continuar sendo um joguete das ilusões por toda a vida.

– Eu acho, minha querida criança – disse o médico ao se despedir, segurando a mão dela –, que você tem um problema. Não vou pedir que confie em mim. Só vou dizer que, se algum dia sentir que mereço sua confiança, talvez eu possa ajudar. Sei que entenderia. E asseguro que não seriam muitos que a entenderiam, minha cara.

– Por alguma razão, não me sinto impelida a falar sobre coisas que me incomodam. Não pense que sou ingrata ou que não aprecio sua solidariedade. Há períodos de tristeza e sofrimento que se apoderam de mim. Mas não quero nada diferente do que escolhi. Isso é querer demais, é claro, quando se tem de passar por cima da vida, do coração e dos preconceitos de outras pessoas, mas, de qualquer maneira, eu não gostaria de passar por cima da vida dos pequenos. Ah! Não sei o que estou dizendo, doutor. Boa noite. Não me culpe por nada.

– Sim. Vou culpá-la se não for me procurar em breve. Vamos conversar sobre coisas que você nunca sonhou discutir antes. Vai fazer bem a nós dois. Não quero que se culpe, seja como for. Boa noite, minha criança.

Ela passou pelo portão, mas, em vez de entrar, sentou na escada da varanda. A noite era tranquila e relaxante. Toda a emoção das últimas horas parecia cair dela como uma peça de roupa sombria, incômoda, e Edna só precisou afrouxá-la para se ver livre dela. Voltou àquela hora, antes de Adele mandar chamá-la, e sentiu novamente os sentidos inflamados ao recordar as palavras de Robert, a pressão dos braços dele, a sensação dos lábios dele sobre os seus. Nesse momento, não conseguia imaginar alegria maior na terra do que a posse do ser amado. Sua declaração de amor já havia sido uma entrega, em parte. Quando pensou que ele estava lá dentro, esperando por ela, sentiu-se atordoada, inebriada pela expectativa. Era muito tarde; talvez ele estivesse dormindo. Nesse caso, ela o acordaria com um beijo. Esperava que tivesse adormecido, para despertá-lo com suas carícias.

No entanto, lembrou-se da voz de Adele sussurrando: "Pense nas crianças; pense nelas". Queria pensar nelas. Essa determinação marcava sua alma como uma ferida de morte, mas não nessa noite. Amanhã haveria tempo para tudo.

Robert não a esperava na sala. Não estava em nenhum lugar. A casa estava vazia. Mas ele havia deixado um bilhete sob a luminária: "Amo você. Adeus... porque a amo".

Edna perdeu as forças ao ler as palavras. Foi sentar-se no sofá. Depois deitou sem emitir nenhum som. Não dormiu. Não foi para a cama. A lamparina tremulou e apagou. Ela ainda estava acordada quando amanheceu, quando Celestine destrancou a porta da cozinha e entrou para acender o fogo.

39

Com martelo, pregos e aparas de madeira, Victor estava consertando um canto de uma das sacadas. Mariequita estava sentada perto dele, balançando as pernas, observando o trabalho e entregando os pregos que tirava da caixa de ferramentas. O sol os atingia em cheio. A garota tinha dobrado o avental para formar um quadrado, com que cobria a cabeça. Eles conversavam havia uma hora ou mais. Ela nunca se cansava de ouvir Victor descrever o jantar na casa da senhora Pontellier. Ele exagerava cada detalhe, fazendo a ocasião parecer um verdadeiro banquete de extravagâncias. As flores eram arranjadas em banheiras, disse. O champanhe era bebido em enormes taças douradas. Vênus se erguendo da espuma não teria apresentado espetáculo mais cativante que a senhora Pontellier, cintilando de beleza e diamantes à cabeceira da mesa, enquanto as outras mulheres eram todas belas jovens de encantos incomparáveis. Ela meteu na cabeça que Victor estava apaixonado pela senhora Pontellier, e ele dava respostas evasivas, inventadas para alimentar essa certeza. A jovem ficou carrancuda e chorou um pouco, ameaçando ir embora e deixá-lo com suas belas damas. Havia uma dúzia de homens loucos por ela em Cheniere; e, como era moda apaixonar-se por pessoas casadas, ora, ela poderia fugir para Nova Orleans quando quisesse com o marido de Celina.

O marido de Celina era um tolo, covarde e porco, e para provar tudo isso Victor pretendia martelar a cabeça dele até transformá-la em geleia, na próxima vez que o encontrasse. Essa declaração consolou Mariequita. Ela enxugou os olhos e se animou com a perspectiva.

Os dois ainda falavam sobre o jantar e os encantos da vida na cidade, quando a senhora Pontellier em pessoa apareceu. Os dois jovens ficaram perplexos diante do que pensavam ser uma aparição. Mas era realmente ela em carne e osso, e parecia cansada e suja da viagem.

– Vim a pé do cais – ela contou – e ouvi as marteladas. Imaginei que fosse você consertando a varanda. Que bom. No verão passado, tropecei várias vezes nessas tábuas soltas. Como tudo parece triste e deserto!

Victor levou algum tempo para compreender que ela havia chegado na barca de Beaudelet, sozinha, e sem nenhum propósito além de descansar.

– Ainda não tem nada arrumado, como pode ver. Eu cedo meu quarto: é o único possível.

– Qualquer canto serve – ela garantiu.

– E se conseguir suportar a comida de Philomel – ele continuou –, embora eu talvez possa trazer a mãe dela, enquanto estiver aqui. Acha que ela viria? – Victor perguntou a Mariequita.

Mariequita achava que a mãe de Philomel poderia aceitar vir por alguns dias, se o dinheiro fosse suficiente.

Assim que a senhora Pontellier apareceu, a jovem suspeitou de um encontro amoroso. Mas a perplexidade de Victor era tão autêntica, e a indiferença da senhora Pontellier era tão evidente, que a ideia perturbadora não se instalou em sua cabeça. Ela estudava com grande interesse aquela mulher que oferecia os jantares mais suntuosos da América e que tinha todos os homens de Nova Orleans a seus pés.

– A que horas vocês jantam? – Edna perguntou. – Estou com muita fome, mas não se preocupe com nada extraordinário.

– Vou mandar servir daqui a pouco – ele respondeu, guardando as ferramentas. – Pode ir para o meu quarto se limpar e descansar. Mariequita a leva até lá.

– Obrigada – disse Edna –, mas estou pensando em ir à praia e tomar banho de mar, talvez nadar um pouco antes do jantar.

– A água está muito fria! – os dois reagiram. – Nem pense nisso.

– Bem, posso ir até lá e tentar... molhar os pés. Ora, tenho a impressão de que o sol é quente o bastante para ter aquecido até as profundezas do oceano. Pode me dar duas toalhas? Quero ir já, para voltar a tempo. Vai ficar frio demais se eu esperar para ir mais tarde.

Mariequita correu ao quarto de Victor e voltou com algumas toalhas, as quais entregou a Edna.

– Espero que sirvam peixe na refeição – disse Edna, já começando a se afastar –, mas, se não for esse o cardápio, não façam nada extraordinário.

– Vá correndo chamar a mãe de Philomel – Victor disse à garota. – Vou até a cozinha ver o que é possível fazer. Céus! As mulheres não têm consideração! Ela podia ter mandado me avisar.

Edna caminhou para a praia com passos mecânicos, sem notar nada de especial, exceto que o sol estava quente. Não pensava em nada especial. Tinha pensado tudo que era necessário depois que Robert fora embora, na noite que passara acordada no sofá.

Dissera muitas vezes a si mesma: "Hoje é Arobin; amanhã vai ser outra pessoa. Não faz diferença para mim, não importa para Leonce Pontellier – só Raoul e Etienne são importantes!" Entendia agora claramente o significado de algo que dissera muito tempo atrás para Adele Ratignolle, sobre abrir mão do que não era essencial, mas nunca se sacrificar pelos filhos.

O desencanto havia caído sobre ela naquela noite de insônia e nunca mais a deixara. Não havia nada, nenhuma coisa no mundo que quisesse. Não havia ser humano que desejasse ter por perto, exceto Robert; e havia percebido até que chegaria o dia em que também ele e todos os pensamentos sobre ele teriam desaparecido de sua existência, e então estaria sozinha. Os filhos apareciam diante dela como antagonistas que a venceram; que a haviam sobrepujado e tentado arrastar para a escravidão da alma até o fim de seus dias. Mas ela conhecia um jeito de se esquivar deles. Não estava pensando nessas coisas enquanto caminhava para a praia.

A água do golfo se estendia diante dela, brilhando com um milhão de luzes do sol. A voz do mar é sedutora, incessante, sussurrando, clamando, murmurando, convidando a alma a vagar em abismos de solidão. Ao longo da praia branca, para um lado e para o outro, não há um ser vivo à vista. Uma ave com a asa quebrada enfrentava o ar lá no alto, se esforçando, planando, descendo em círculos para a água.

Edna encontrou o velho traje de banho ainda pendurado, desbotado, no cabide de sempre.

Ela o vestiu, deixando as roupas na casa de banho. Mas, quando estava ali, à beira-mar, absolutamente sozinha, jogou as peças incômodas e nada confortáveis para longe dela, e pela primeira vez na vida ficou nua ao ar livre, à mercê do sol, da brisa que a envolvia e das ondas que a convidavam.

Como parecia estranho e horrível estar nua sob o céu! E que delicioso! Sentia-se como uma criatura recém-nascida, abrindo os olhos em um mundo familiar que nunca havia conhecido.

As ondinhas espumantes cobriam seus pés, envolviam os tornozelos como serpentes. Ela começou a andar. A água estava fria, mas ela continuou andando. A água era profunda, mas ela projetou o corpo branco e deu a primeira braçada. O toque do mar era sensual, envolvendo seu corpo em seu abraço macio, íntimo.

Ela nadou e nadou. Lembrou-se da noite em que tinha ido longe demais e lembrou-se do terror que se apoderara dela, do medo de não conseguir voltar à praia. Agora não olhava para trás. Só nadava, pensando no prado gramado que havia atravessado quando era criança, acreditando que ele não tinha começo ou fim.

Os braços e as pernas estavam ficando cansados.

Ela pensou em Leonce e nas crianças. Eles eram parte de sua vida. Mas não deviam ter pensado que podiam ser donos dela, de seu corpo e de sua alma. Como *mademoiselle* Reisz teria rido, talvez debochado, se soubesse! "E você se diz artista! Quanta pretensão, madame. O artista precisa ter a alma corajosa que se atreve e desafia."

A exaustão a dominava.

"Adeus... porque a amo." Ele não sabia; não entendia. Nunca entenderia. Talvez o doutor Mandelet a tivesse entendido, se ela houvesse ido procurá-lo... mas era tarde demais; a praia estava muito longe, e não tinha mais forças.

Ela olhou ao longe, e o antigo terror se impôs por um instante, depois desapareceu. Edna ouviu a voz do pai e a de sua irmã, Margaret. Ouviu o latido de um cachorro velho preso a uma árvore. As esporas do oficial de cavalaria tilintando quando ele atravessava a varanda. Havia o zumbido de abelhas, e o cheiro almiscarado de rosas dominou o ar.

Além do remanso

O remanso se curvava como um crescente em torno da ponta de terra onde ficava o chalé de La Folle. Entre a correnteza e a casa havia um grande campo abandonado, onde o gado pastava quando o remanso fornecia água suficiente. Através dos bosques que se espalhavam para regiões desconhecidas, a mulher havia traçado uma linha imaginária, e ela nunca ia além desse círculo. Essa era sua única mania.

Agora ela era uma grande e magra mulher negra de mais de trinta e cinco anos. Seu nome verdadeiro era Jacqueline, mas todos na fazenda a chamavam de La Folle, porque na infância um susto lhe "roubou a razão", literalmente, e ela nunca mais a recuperou.

Era um tempo em que havia rixas e confrontos o dia todo nos bosques. A noite se aproximava quando P'tit Maitre, negro de pólvora e vermelho de sangue, entrou cambaleando no chalé da mãe de Jacqueline, seguido de perto por seus adversários. A imagem havia chocado seus sentidos infantis.

Ela morava sozinha em sua cabana solitária, pois o resto dos alojamentos há muito havia sido removido sem que ela visse ou soubesse. Tinha mais força física que muitos homens e cuidava de sua plantação de algodão, milho e tabaco como os melhores entre eles. Mas não sabia nada sobre o mundo além do remanso, exceto o que sua imaginação mórbida concebia.

As pessoas em Bellissime se acostumaram com ela e seu jeito e não se incomodavam. Até quando a "Velha senhora morreu", ninguém estranhou que La Folle não tivesse atravessado o remanso, mantendo-se no lado dela, chorando e lamentando.

P'tit Maitre agora era o dono de Bellissime. Ele era um homem de meia-idade, com uma família de belas filhas e um filho pequeno, que La Folle amava como se fosse dela. Ela o chamava de Cheri, e todo mundo o chamava assim, por causa dela.

Nenhuma das meninas jamais foi para ela o que Cheri era. Todas e cada uma adoravam estar com ela e ouvir suas histórias medonhas sobre coisas que sempre aconteciam "lá, além do remanso".

Mas nenhuma afagava sua mão preta como Cheri fazia, nem descansava a cabeça sobre seus joelhos com tanta confiança, nem adormecia em seus braços como Cheri costumava fazer no passado. Porque ele não fazia mais essas coisas, agora que tinha se tornado o orgulhoso proprietário de uma arma e cortado os cachos pretos.

Naquele verão – o verão em que Cheri deu a La Folle dois de seus cachos amarrados com uma fita vermelha –, a água baixou tanto no remanso que até as crianças pequenas de Bellissime puderam atravessá-lo a pé, e o gado foi levado para pastar junto ao rio. La Folle lamentou quando eles foram, porque também amava aqueles companheiros obtusos, e gostava de sentir que estavam ali e de ouvir os mugidos à noite de seu cercado.

Era sábado à tarde, quando os campos ficavam desertos. Os homens tinham ido a um povoado vizinho para fazer o comércio da semana, e as mulheres estavam ocupadas com os afazeres domésticos, La Folle e as outras. Era então que ela remendava e lavava seu punhado de roupas, varria sua casa e assava seus pães e bolos.

Nessa última tarefa, nunca se esquecia de Cheri. Hoje ela havia preparado para ele *croquignoles* nas formas mais fantásticas e atraentes. Portanto, quando viu o menino se aproximar pelo campo com seu novo rifle cintilante sobre um ombro, ela o chamou com alegria.

– Cheri! Cheri!

Mas Cheri não precisava ser chamado, porque seguia diretamente para ela. Tinha os bolsos cheios de amêndoas, passas e uma laranja que guardara para ela, depois do excelente almoço servido naquele dia, na casa de seu pai.

Ele era um jovem de dez anos de idade e expressão alegre. Depois que ele esvaziou os bolsos, La Folle tocou seu rosto redondo, limpou as mãos deles no avental e afagou seu cabelo. Depois o viu atravessar novamente o campo de algodão, levando os bolos, e desaparecer no bosque.

Ele havia falado sobre as coisas que faria lá com seu rifle.

– Acha que tem muitos cervos no bosque, La Folle? – perguntou, adotando o ar calculista de um caçador experiente.

– Não, não! – ela gritou. – Num vai procurá cervo nenhum, Cheri. É um bicho muito grande. Traz um esquilo bem gordo pro almoço da La Folle amanhã, e ela vai ficá satisfeita.

– Um esquilo é só uma mordida. Vou trazer mais de um, La Folle – ele se exibiu todo pomposo ao sair.

Uma hora mais tarde, quando ouviu o tiro do rifle do garoto perto da fronteira do bosque, a mulher não teria pensado nada de especial, não fosse o grito que o seguiu.

Ela tirou os braços da tina cheia de espuma onde os tinha mergulhado, enxugou as mãos no avental e, tão depressa quanto permitiam as pernas trêmulas, correu na direção de onde havia partido o estampido ameaçador.

Era como temia. Lá ela encontrou Cheri estendido no chão, ao lado do rifle. Ele gemia baixinho.

– Estou morto, La Folle! Estou morto! No fim!

– Não, não! – ela exclamou, determinada, ajoelhando-se ao lado dele. – Passa os braço em volta do pescoço da La Folle, Cheri. Isso não é nada, num há de sê nada. – E o levantou nos braços fortes.

Cheri carregava o rifle apontado para baixo. Ele tropeçou, não sabia dizer como. Só sabia que tinha uma bala alojada na perna e achava que o fim estava próximo. Agora, com a cabeça sobre o ombro da mulher, ele chorava e gemia de dor e medo.

– Ai, La Folle! La Folle! Dói muito! Não aguento, La Folle!

– Não chora, mon bebe, mon bebe, mon Cheri! – ela falava baixinho, andando depressa. – La Folle vai arrancá a bala. Doutô Bonfils vem e vai fazê mon Cheri ficá bom de novo.

Ela estava agora no campo abandonado. Enquanto o atravessava com sua carga preciosa, olhava constantemente e inquieta de um lado para o outro. Sentia um medo terrível – o medo do mundo além do remanso, o pavor mórbido e insano que sentia desde a infância.

Quando chegou à margem da água, ela parou e gritou pedindo ajuda, como se a própria vida dependesse disso:

– Ah, P'tit Maitre! P'tit Maitre! Venez donc! Au secours! Au secours!

Ninguém respondia. As lágrimas quentes de Cheri queimavam seu pescoço. Ela chamou todos e cada um do lugar, e ninguém respondeu.

Ela gritou, chorou, mas, fosse por não ser ouvida, fosse por ninguém dar atenção à voz dela, os gritos aflitos não provocaram nenhuma resposta. E, durante todo o tempo, Cheri gemia e chorava e suplicava para ser levado para casa, para a mãe.

La Folle deu uma última e desesperada olhada à sua volta. Um terror supremo a dominava. Ela apertou a criança contra o peito, onde podia sentir seu coração bater como um martelo abafado. Depois fechou os olhos e desceu correndo a margem rasa do remanso, e não parou de correr até subir a margem do outro lado.

Ficou ali parada por um instante, tremendo, e então abriu os olhos. Depois começou a percorrer a trilha entre as árvores.

Não falava mais com Cheri, mas murmurava constantemente:

– Bon Dieu, ayez pitie La Folle! Bon Dieu, ayez pitie La Folle!

Era como se o instinto a guiasse. Quando a trilha ficou plana e clara o suficiente para ela, fechou os olhos de novo para não ver o mundo desconhecido e aterrorizante.

Uma criança que brincava com algumas folhinhas a viu quando ela se aproximava da casa. A pequena gritou assustada.

– La Folle! – anunciou com sua vozinha aguda. – La Folle atravessou o remanso!

O grito foi rapidamente transmitido pela fileira de cabanas.

– Olhe lá, La Folle atravessou o remanso!

Crianças, velhos, velhas, jovens com bebês nos braços, todos corriam para as portas e janelas para assistir a esse espetáculo fascinante. Muitos estremeciam, tomados por um medo supersticioso do que poderia pressagiar.

– Ela está carregando Cheri! – alguns gritavam.

Outros mais ousados a cercaram, a seguiram, mas logo desistiram, tomados por novo terror quando ela virou para trás, mostrando o rosto deformado. Seus olhos estavam vermelhos, e a saliva acumulada formava uma espuma branca nos lábios pretos.

Alguém havia corrido na frente dela até onde P'tit Maitre estava sentado com a família e convidados, na varanda.

– P'tit Maitre! La Folle atravessou o remanso! Olhe ali! Lá vem ela carregando o Cheri! – Esse anúncio assustador foi o primeiro que tiveram sobre a chegada da mulher.

Ela agora estava perto. Andava com passos largos. Os olhos desesperados permaneciam cravados adiante dela, e ela respirava ofegante, como um touro cansado.

Ao pé da escada, que ela não poderia ter subido, La Folle pôs o menino nos braços do pai. Então, o mundo que antes parecia vermelho aos olhos dela ficou preto, como naquele dia em que viu pólvora e sangue.

Ela hesitou por um instante. Antes que alguém pudesse ampará-la, caiu no chão.

Quando La Folle recuperou a consciência, estava em casa novamente, em sua cabana e na própria cama. Os raios de luar que entravam pelas janelas e pela porta aberta forneciam toda a luz necessária para a velha mãe preta que, junto da mesa, preparava uma tisana de vegetais aromáticos. Era muito tarde.

Outras pessoas tinham estado ali e, vendo que o estupor persistia, foram embora. P'tit Maitre foi um deles, e chegou acompanhado pelo doutor Bonfils, que disse que La Folle poderia morrer.

Mas ela não morreu. Sua voz era muito clara e firme quando falou com Tante Lizette, que fervia sua tisana lá no canto.

– Se vai me dá um bom caldo pra bebê, Tante Lizette, acho que vô dormí.

E ela dormiu. Dormiu um sono tão profundo e saudável, que a velha Lizette saiu sem nenhuma preocupação e atravessou o campo enluarado para voltar para a própria cabana nos novos alojamentos.

O primeiro toque da manhã cinzenta e fria acordou La Folle. Ela se levantou tranquila, como se nenhuma tempestade houvesse abalado e ameaçado sua existência no dia anterior.

Pôs o avental novo de algodão azul e branco, porque lembrou que era domingo. Depois de preparar uma xícara de café puro e forte, o qual bebeu com vontade, ela saiu e atravessou o velho campo familiar e voltou ao limite do remanso.

Não parou ali, como sempre fazia, mas o atravessou com passos firmes e largos, como se tivesse feito isso durante toda a sua vida.

Depois de atravessar o bosque de choupos que ocupava a margem do outro lado, ela chegou ao limite de um campo onde o algodão branco brilhava de orvalho por uma extensão de muitos acres, como prata congelada ao amanhecer.

La Folle respirou fundo, olhando para o outro lado do campo. Andava devagar e sem confiança, como alguém que mal sabe andar, olhando em volta enquanto seguia adiante.

As cabanas, onde ontem havia um clamor de vozes que a acompanhava, agora estavam silenciosas. Ninguém tinha acordado em Bellissime. Só os pássaros que saltitavam de lá para cá nas cercas estavam acordados e cantando suas canções matinais.

Quando La Folle chegou ao gramado largo e aveludado que cercava a casa, caminhou devagar e com prazer sobre as folhinhas, desfrutando da sensação deliciosa nos pés.

Ela parou para identificar de onde vinham os perfumes que atacavam seus sentidos e despertavam lembranças de um tempo distante.

Lá estavam eles, aproximando-se dela de milhares de violetas azuis que brotavam de canteiros verdes, exuberantes. Lá estavam eles, caindo dos grandes copos de magnólias sobre sua cabeça, e dos pés de jasmim à sua volta.

Também havia rosas, impossível contar quantas. À direita e à esquerda, palmeiras se espalhavam em curvas largas e graciosas. Tudo parecia mágico sob o cintilante verniz de orvalho.

Quando La Folle subiu devagar e com cuidado os vários degraus para a varanda, virou e olhou para trás, para a escalada perigosa que havia concluído. Então viu o rio, que parecia uma faixa prateada e curva ao pé de Bellissime. A euforia se apoderou de sua alma.

La Folle bateu de leve em uma porta ao alcance de sua mão. A mãe de Cheri rapidamente a abriu, cautelosa. Rápida e astuta, ela disfarçou a perplexidade que sentiu ao ver La Folle.

– Ah, La Folle! É você. Tão cedo?

– Oui, madame. Vim sabê como vai o coitado do meu Cheri.

– Ele está melhor, obrigada, La Folle. Doutor Bonfils diz que não é nada sério. Agora ele está dormindo. Não quer voltar quando ele acordar?

– Non, madame. Vou esperá a senhora me dizê que Cheri acordô. – La Folle sentou no último degrau da varanda.

Uma expressão de fascínio e profundo contentamento surgiu em seu rosto quando ela viu pela primeira vez o sol nascer sobre o novo e lindo mundo além do remanso.

Madame Pelagie

1

Quando a guerra começou, havia em Cote Joyeuse uma mansão imponente de tijolos vermelhos, cuja forma copiava a de um Panteão. Um bosque de carvalhos majestosos a cercava.

Trinta anos mais tarde, só as paredes de tijolos estavam em pé, com o vermelho desbotado espiando aqui e ali entre um emaranhado de trepadeiras. Os imensos pilares redondos estavam intactos, como o piso de pedras do vestíbulo e do pórtico, em alguma medida. Nunca houve casa tão imponente em toda a extensão de Cote Joyeuse. Todos sabiam disso, como sabiam que sua construção havia custado a Philippe Valmet sessenta mil dólares, em 1840. Ninguém corria o risco de esquecer esses fatos, não enquanto a filha dele, Pelagie, sobrevivesse. Ela era uma mulher altiva de cabelos brancos e cinquenta anos de idade. "Madame Pelagie", era assim que a chamavam, embora fosse solteira, como sua irmã Pauline, que aos olhos de madame Pelagie era como uma filha; uma filha de trinta e cinco anos.

As duas moravam sozinhas em um chalé de três cômodos, quase à sombra da ruína. Viviam por um sonho, o sonho de madame Pelagie, que era reconstruir a velha casa.

Seria lamentável demais contar como elas passavam os dias para alcançar esse propósito; como, durante trinta anos, os dólares foram economizados e as ninharias foram acumuladas; e, mesmo assim, não juntaram nem a metade! Mas madame Pelagie tinha certeza de mais vinte anos de vida, e esperava muito mais para a irmã. E o que não poderia acontecer em vinte, em quarenta anos?

Muitas vezes, nas tardes agradáveis, as duas tomavam café sentadas no pórtico de piso de pedras, cujo toldo era do mesmo tom de azul do céu de Louisiana. Elas amavam ficar sentadas ali em silêncio, só as duas e os lagartos brilhantes como companhia, falando sobre os velhos tempos e planejando os novos, com a brisa leve balançando as trepadeiras entre as colunas, onde as corujas faziam ninhos.

– Não podemos ter a esperança de refazer tudo como era, Pauline – madame Pelagie dizia. – Talvez as colunas de mármore do salão sejam substituídas por outras de madeira e o candelabro de cristal tenha de ser eliminado. Aceitaria essas mudanças, Pauline?

– Oh, sim, *Sesoeur*, eu aceitaria.

Era sempre "Sim, *Sesoeur*", ou "Não, *Sesoeur*", "Como quiser, *Sesoeur*" para a pobre *mademoiselle* Pauline. Porque o que se lembrava daquela antiga vida e do velho esplendor? Só um lampejo pálido aqui e ali; a consciência parcial de uma existência jovem, sem grandes acontecimentos; e então um grande *crash*. A proximidade da guerra; a revolta dos escravos; confusão terminando em fogo e chamas, de que saíra sã e salva nos braços de Pelagie, que a carregara para a cabana de lenhador que ainda era seu lar. O irmão delas, Leandre, tinha conhecido mais desse período que Pauline, mas não tanto quanto Pelagie. Ele deixou a administração da grande fazenda, com todas as suas lembranças e tradições, para a irmã mais velha e foi morar na cidade. Isso aconteceu há muitos anos. Agora, os negócios de Leandre exigiam sua presença constante e impunham longas viagens, e a filha dele, órfã de mãe, viria viver com as tias em Cote Joyeuse.

Elas conversavam sobre isso, bebendo café no pórtico em ruínas. *Mademoiselle* Pauline estava muito animada; o rubor que pulsava em seu rosto pálido e nervoso era a prova disso; e ela entrelaçava e soltava dos dedos finos sem parar.

– Mas o que vamos fazer com La Petite, *Sesoeur*? Onde a acomodaremos? Como a divertiremos? Ah, *Seigneur*!

– Ela vai dormir em uma cama simples, no quarto vizinho ao nosso – respondeu madame Pelagie –, e vai viver como nós. Ela sabe como vivemos e por que vivemos assim; o pai a informou. Ela sabe que temos dinheiro e poderíamos esbanjá-lo se quiséssemos. Não se preocupe, Pauline; vamos torcer para La Petite ser uma verdadeira Valmet.

Madame Pelagie então levantou com determinação altiva e foi selar seu cavalo, porque ainda precisava fazer a última ronda diária pelos campos. *Mademoiselle* Pauline voltou sem pressa, caminhando por entre a vegetação crescida em direção à cabana.

A chegada de La Petite, que trazia com ela a atmosfera pungente de um mundo pouco conhecido, foi um choque para essas duas em sua vida de sonhos. A menina era tão alta quanto sua tia Pelagie, com olhos escuros que refletiam alegria como uma piscina serena reflete a luz das estrelas. O rosto redondo era rosado como a murta cor de rosa. *Mademoiselle* Pauline a beijou, trêmula. Madame Pelagie a fitou com um olhar interessado, como se buscasse uma semelhança do passado no presente vivo.

E as irmãs abriram espaço entre elas para essa jovem vida.

2

La Petite estava determinada a tentar se adaptar à existência estranha e restrita que, ela sabia, a esperava em Cote Joyeuse. De início, tudo correu bem. Às vezes ela acompanhava madame Pelagie aos campos para ver como o algodão era aberto, maduro e branco, ou para contar as espigas de milho nos pés. Mas era mais comum que ficasse com tia Pauline, ajudando-a com as tarefas domésticas, conversando sobre seu breve passado ou andando com ela de braços dados sob os galhos dos carvalhos gigantescos.

Os passos de *mademoiselle* Pauline eram saltitantes naquele verão, e seus olhos às vezes brilhavam como os de um pássaro, a menos que La Petite estivesse longe dela, quando perdiam toda a luminosidade e ganhavam o reflexo da desconfortável espera. A menina parecia corresponder a esse amor e a chamava carinhosamente de Tan'tante. Mas, com o passar do tempo, La Petite foi ficando muito quieta – não inerte, mas pensativa –, e seus movimentos se tornaram lentos. As faces começaram a empalidecer, até se tingirem do branco leitoso da murta branca que crescia na ruína.

Um dia, quando estava sentada à sombra da casa em ruínas, entre as duas tias, segurando uma das mãos de cada uma, ela disse:

– Tante Pelagie, preciso lhe dizer uma coisa, e a você também Tan'tante. – Ela falava baixo, mas com clareza e firmeza. – Amo vocês duas, por favor, lembrem-se disso. Mas preciso me afastar de vocês. Não posso mais viver aqui em Cote Joyeuse.

Um espasmo percorreu o corpo delicado de *mademoiselle* Pauline. La Petite sentiu a contração dos dedos magros entrelaçados aos dela. Madame Pelagie permanecia imóvel, impassível. Nenhum olhar humano poderia penetrar tão profundamente a ponto de ver a satisfação que sua alma sentia. Ela disse:

– O que está querendo dizer, Petite? Seu pai a mandou para cá, e tenho certeza de que é a vontade dele que você fique.

– Meu pai me ama, tante Pelagie, e por isso não vai desejar que eu fique quando sabe... Ah! – Ela se moveu inquieta. – Aqui é como se um peso pressionasse minhas costas. Preciso viver outra vida, a vida que vivia antes. Quero saber as coisas que estão acontecendo no dia a dia do mundo e ouvir o que é dito sobre elas. Quero minha música, meus livros, minhas companhias. Se não tivesse conhecido outra vida, senão essa de privação, suponho que seria diferente. Se tivesse de viver esta vida, faria o melhor possível. Mas não tenho; e, sabe, tante Pelagie, vocês também não. Acredito – ela acrescentou sussurrando – que isso é um pecado contra mim. Ah, Tan'tante! Qual é o problema com Tan'tante?

Não era nada; só uma leve sensação de vertigem, que logo ia passar. Ela pediu que não se preocupassem, mas elas foram buscar água e a abanaram com uma folha de palmeira.

Mas naquela noite, na quietude do quarto, *mademoiselle* Pauline soluçou sem conseguir encontrar conforto. Madame Pelagie a abraçou.

– Pauline, minha irmãzinha Pauline – disse –, nunca a vi assim antes. Não me ama mais? Não somos felizes juntas, você e eu?

– Ah, sim, *Sesoeur*.

– É porque La Petite vai embora?

– Sim, *Sesoeur*.

– Então, gosta mais dela que de mim! – decretou madame Pelagie com amargo ressentimento. – Eu, que a segurei e aqueci em meus braços no dia em que você nasceu, eu, sua mãe, seu pai e irmã, tudo que poderia protegê-la. Pauline, não me diga isso.

Mademoiselle Pauline tentou falar em meio aos soluços.

– Não consigo explicar, *Sesoeur*. Nem eu mesma entendo. Amo você como sempre amei, abaixo apenas de Deus. Mas, se La Petite for embora, eu morro. Não entendo... Me ajude, *Sesoeur*. Ela parece... é como um salvador; como alguém que veio, me pegou pela mão e estava me levando a algum lugar... um lugar para onde quero ir.

Madame Pelagie estava sentada ao lado da cama de penhoar e chinelos. Segurava a mão da irmã, que estava deitada, e afagava seus cabelos castanhos e macios. Não dizia nada, e o silêncio era interrompido apenas pelos soluços contínuos de *mademoiselle* Pauline. Uma vez madame Pelagie levantou para preparar uma bebida de água de flor de laranjeira, que deu à irmã como ofereceria a uma criança nervosa, agitada. Quase uma hora passou antes de madame Pelagie voltar a falar. Ela disse:

– Pauline, você precisa parar de chorar e dormir. Vai acabar adoecendo. La Petite não vai embora. Está me ouvindo? Você me entende? Ela vai ficar. Prometo.

Mademoiselle Pauline não compreendia inteiramente, mas acreditava muito na palavra da irmã e se acalmou com a promessa e o toque da mão forte de madame Pelagie, tanto que dormiu.

3

Quando viu que a irmã dormia, madame Pelagie levantou sem fazer barulho e saiu do quarto; foi para a sacada de teto baixo. Não passou muito tempo ali. Com passos rápidos e nervosos, atravessou a distância que separava a cabana da casa em ruínas.

A noite não era escura, porque o céu estava claro, e a lua era resplandecente. Mas luz ou escuridão não teriam feito diferença para madame Pelagie. Não era a primeira vez que ia à ruína à noite, quando toda a fazenda dormia; mas nunca antes estivera ali com o coração tão perto de se partir. Estava a caminho da casa pela última vez para sonhar seus sonhos, para vislumbrar as cenas que até então haviam ocupado seus dias e noites e se despedir delas.

Lá estava a primeira, esperando por ela no portal; um homem idoso e robusto de cabelos brancos, repreendendo-a por voltar para casa tão tarde. Há convidados a entreter. Ela não sabe disso? Convidados da cidade e das fazendas próximas. Sim, ela sabe que é tarde. Estava com Felix, e eles não viram o tempo passar. Felix está lá; ele vai explicar tudo. Está lá a seu lado, mas ela não quer ouvir o que ele vai dizer a seu pai.

Madame Pelagie sentou-se no banco onde ela e a irmã tantas vezes foram sentar juntas. Virou-se e olhou para a abertura que havia sido uma janela, a seu lado. O interior da ruína queimava. Não com a luz do luar, porque era fraca, comparada à outra – o reflexo dos candelabros de cristal, que negros silenciosos e respeitosos acendiam, um depois do outro. Como o brilho deles reflete nos pilares de mármore polido!

Há vários convidados na sala. O velho senhor Lucien Santien, apoiado em uma das colunas, rindo de alguma coisa que o senhor Lafirme diz, os ombros gordos tremendo. Seu filho Jules o acompanha. Jules, que quer casar com ela. Ela ri. Pensa se Felix já conversou com seu pai. O jovem Jerome Lafirme joga xadrez no sofá com Leandre. A pequena Pauline os aborrece e atrapalha o jogo. Leandre a repreende. Ela começa a chorar, e a velha negra Clementine, sua ama, que não está muito distante, atravessa a sala mancando para pegá-la e levá-la dali. Como é sensível a pequena! Mas ela circula e cuida de si mesma melhor que há um ou dois anos, quando caiu no chão de pedra do vestíbulo e um grande "galo" surgiu em sua testa. Pelagie ficou furiosa e triste com isso; e encomendou tapetes e peles de búfalo para cobrir as pedras, até que os passos da pequena ficassem mais firmes.

– *Il ne faut pas faire*[8] mal a Pauline – dizia em voz alta – ... *faire* mal a Pauline.

Mas ela olha além do salão, para o grande salão de jantar, onde cresce a murta branca. Ah! Como esse morcego voa baixo! Atingiu em cheio o peito de madame Pelagie. Ela não sabe. Não está ali, mas no salão de jantar, onde o pai acomoda um grupo de amigos com suas taças de vinho. Como é de costume, eles falam sobre política. Que cansativo! Ela os ouviu falar sobre *la guerre* várias vezes. *La guerre*. Bá! Ela e Felix têm assuntos mais importantes a conversar embaixo dos carvalhos, ou à sombra do oleandro.

Mas eles estavam certos! O som de um canhão, disparado em Sumter, atravessou os Estados sulistas, e seu eco é ouvido por toda a extensão de Cote Joyeuse.

Mas Pelagie não acredita nisso. Não até La Ricaneuse surgir diante dela com os braços negros e nus erguidos, proferindo uma série de impropérios abusivos e despudorados. Pelagie quer matá-la. Mas ainda não acredita. Não até Felix entrar e ir procurá-la no cômodo sobre o salão de jantar para se despedir dela. A dor provocada pela pressão dos botões de metal de seu novo uniforme cinza na área sensível de seu peito jamais desapareceu. Ela senta no sofá, ele senta ao lado dela, e ambos ficam sem palavras, calados pelo sofrimento. Aquele aposento jamais teria sido modificado. Até o sofá teria ficado no mesmo lugar, e madame Pelagie sempre teve a intenção, durante trinta anos, de se deitar nele um dia, quando chegasse a hora de morrer.

Mas não havia tempo para chorar, não com o inimigo à porta. A porta que não serviu de barreira. Eles agora corriam pelas salas, bebiam os vinhos, quebravam cristal e vidro, estilhaçavam porta-retratos.

---

[8] Você não deve fazer. (N.T.)

Um deles para diante dela e ordena que saia da casa. Ela o esbofeteia. A marca aparece vermelha como sangue em seu rosto pálido.

Agora o fogo e as chamas rugem, o barulho envolve seu corpo imóvel. Ela quer mostrar a eles como uma filha de Louisiana pode perecer diante de seus conquistadores. Mas a pequena Pauline agarra-se a seus joelhos, tomada pelo pavor. A pequena Pauline precisa ser salva.

– *Il ne fault pas faire* mal a Pauline. – De novo ela repete em voz alta.
– ... *faire* mal a Pauline.

A noite quase chegava ao fim; madame Pelagie tinha escorregado do banco onde descansava, e durante horas ficou deitada no chão de pedras, imóvel. Quando se levantou com esforço, foi para andar como se vivesse um sonho. Ao passar pelos grandes pilares solenes, um após outro, ela estendia os braços, colava o rosto ao tijolo insensível e o beijava.

– *Adieu, adieu!* – sussurrava madame Pelagie.

Não havia mais lua para guiar seus passos pelo caminho familiar para a cabana. A luz mais brilhante do céu era Vênus, que cintilava baixa no leste. Os morcegos já não batiam as asas pela ruína. Até o pássaro que tinha passado horas na amoreira imitando a voz de outras aves tinha alçado voo para ir dormir. A terra era coberta pela escuridão daquela hora antes da chegada do dia. Madame Pelagie corria pela grama molhada, pegajosa, batendo nos insetos que voavam diante de seu rosto, dirigindo-se à cabana – para Pauline. Nenhuma vez ela olhou para trás, para a ruína que se destacava como um enorme monstro – um ponto preto na escuridão que a envolvia.

4

Pouco mais de um ano depois, a transformação por que passara a velha casa Valmet era a conversa e a alegria de Cote Joyeuse. Procurava-se em vão pela ruína; ela não estava mais lá. Nem a cabana comprida. Mas ao ar livre, onde o sol a invadia e as brisas sopravam, havia uma estrutura esculpida na madeira que as florestas do estado forneciam. Ela repousava sobre uma base sólida de tijolos.

Em um canto da agradável sacada, Leandre fumava seu charuto vespertino, enquanto conversava com vizinhos que tinham ido visitá-lo. Este agora seu *pied a terre;* o lar onde as irmãs e a filha viviam. O riso dos jovens era ouvido embaixo das árvores e dentro da casa, onde La Petite tocava piano. Com o entusiasmo de uma jovem artista, ela extraía das teclas acordes que, para *mademoiselle* Pauline, fascinada perto dela, soavam incrivelmente bonitos. *Mademoiselle* Pauline havia ficado emocionada com a recriação de Valmet. Seu rosto estava cheio e quase tão corado quanto o de La Petite. Os anos pareciam ter desaparecido para ela.

Madame Pelagie conversava com o irmão e os amigos dele. Depois de um tempo, ela se afastou; parou para ouvir um pouco o que La Petite tocava. Mas foi só por um momento. Ela acompanhou a curva da varanda, e além dela se viu sozinha. Ficou ali ereta, apoiada ao corrimão, olhando tranquila para os campos e além deles.

Estava vestida de preto, com o lenço branco que sempre levava dobrado no colo. O cabelo grosso e brilhante emoldurava a testa como um diadema de prata. Nos olhos profundos, escuros, ardia a luz dos fogos que nunca seriam chamas. Tinha envelhecido muito. Anos, em vez de meses, pareciam ter passado desde a noite em que deu adeus a suas visões.

Pobre madame Pelagie! Como isso poderia ser diferente? Embora a pressão exterior de uma existência jovem e alegre tivesse forçado seus passos na direção da luz, a alma havia permanecido à sombra da ruína.

O bebê de Desiree

Como o dia era agradável, madame Velmont foi de coche até L'Abri para ver Desiree e o bebê.

Ela ria quando pensava em Desiree com um bebê. Ora, se ainda ontem a própria Desiree era pouco mais que um bebê, quando o senhor passou pelo portão de Valmonde e a encontrou dormindo à sombra do grande pilar de pedra.

A pequenina acordou nos braços dele e começou a chorar chamando o "papa". Isso era tudo que ela sabia fazer ou dizer. Algumas pessoas acreditavam que ela podia ter chegado lá por conta própria, porque já andava, embora sem muita firmeza. A crença prevalecente era que tinha sido deixada por um grupo de texanos, cuja carroça coberta com uma lona havia feito a travessia, já tarde, na balsa que Coton mantinha logo abaixo da fazenda. Com o tempo, madame Valmonde desistiu de todas as especulações e decidiu que Desiree tinha sido enviada a ela por uma Providência benevolente para ser a filha de seu afeto, já que nunca teve filhos de sangue. A menina cresceu bonita e gentil, carinhosa e sincera – o ídolo de Valmonde.

Não causou espanto que, um dia, quando ela estava apoiada no pilar de pedra em cuja sombra havia dormido dezoito anos antes, Armand Aubigny tivesse passado a cavalo, a visto ali e se apaixonado por ela. Era assim que todos os Aubignys se apaixonavam, como se levassem um tiro de pistola. Surpreendente era que ele não a amasse antes, porque a conhecia desde que o pai o trouxera de Paris quando tinha oito anos, depois da morte da mãe naquela cidade. A paixão despertada nele naquele dia, quando a viu na entrada da casa, o arrastou como uma avalanche, ou como fogo na pradaria, ou como qualquer coisa que supera todos os obstáculos.

O senhor Valmonde era prático e quis considerar bem todos os fatores, isto é, a origem obscura da jovem. Armand olhou nos olhos dela e não se importou com isso. Ele ressaltou que ela não tinha um nome. Que importância tinha um nome, quando podia dar a ela o mais antigo e orgulhoso de Louisiana? Ele encomendou o presente em Paris e esperou com toda a paciência de que era capaz; e então eles se casaram.

Madame Valmonde não via Desiree e o bebê há quatro semanas. Quando chegou a L'Abri, sentiu um arrepio à primeira imagem dela, como sempre acontecia. Era um lugar de aparência triste, que por muitos anos não conheceu a presença suave de uma mulher, pois o velho senhor Aubigny tinha se casado e enterrado a esposa na França, e ela amava tanto o próprio país que nunca saiu de lá. O telhado era inclinado e preto, projetando-se além das sacadas largas que contornavam toda a casa de reboco amarelo. Grandes e solenes carvalhos quase o alcançavam, e os galhos pesados e longos faziam sombra como uma mortalha. O jovem Aubigny também era um patrão severo, e sob seu comando os negros tinham esquecido como ser alegres, como eram durante o tempo do velho senhor, mais agradável e indulgente.

A jovem mãe se recuperava lentamente e estava deitada em um sofá envolta em musselina e renda brancas. O bebê estava a seu lado, sobre seu braço, onde havia adormecido enquanto mamava. A enfermeira se abanava sentada ao lado de uma janela.

Madame Valmonde inclinou o corpo avantajado sobre Desiree e a beijou, abraçando-a por um instante. Depois olhou para a criança.

– Esse não é o bebê! – ela exclamou, assustada. O francês era a língua falada em Valmonde naqueles dias.

– Sabia que ficaria chocada com quanto ele cresceu – Desiree riu. – O pequeno leitão! Olhe para as pernas dele, mamãe, e as mãos, e as unhas... unhas de verdade. Zandrine as cortou hoje de manhã. Não é verdade, Zandrine?

A mulher inclinou de maneira elegante e majestosa a cabeça envolta em um turbante.

– Sim, madame.

– E como ele chora – continuou Desiree. – É ensurdecedor. Outro dia, Armand o ouviu da cabana La Blanche.

Madame Valmonde não desviava os olhos da criança. Ela o pegou nos braços e o levou para perto da janela, onde era mais claro. Examinou o bebê com atenção, depois olhou com o mesmo interesse para Zandrine, que olhava para fora, para além dos campos.

– Sim, a criança cresceu, mudou – disse madame Valmonde devagar, enquanto a colocava de volta ao lado da mãe. – O que diz Armand?

O rosto de Desiree se iluminou com um brilho que era pura felicidade.

– Ah, Armand é o pai mais orgulhoso da paróquia, acredito, principalmente por ser um menino, que vai levar seu nome adiante, embora ele diga que não, que também amaria ter uma menina. Mas eu sei que não é verdade. Sei que ele diz isso para me agradar. E, mamãe – ela continuou, puxando a cabeça de madame Valmonde para perto e baixando a voz –, ele não castigou nenhum deles, nenhum mesmo, desde que o bebê nasceu. Até Negrillon, que fingiu ter queimado a perna para descansar do trabalho... ele só deu risada e disse que Negrillon era um grande vagabundo. Oh, mamãe, estou tão feliz que sinto medo.

O que Desiree dizia era verdade. O casamento e, mais tarde, o nascimento do filho haviam suavizado muito a natureza exigente e imperiosa de Armand Aubigny. Isso era o que deixava a doce Desiree tão feliz, porque o ama desesperadamente. Quando ele franzia a testa, ela tremia, mas o amava. Quando ele sorria, ela não pedia bênção maior de Deus. Mas o rosto sombrio e bonito de Armand não se contraía tanto, desde o dia em que ele se apaixonou por ela.

Quando o bebê tinha uns três meses de idade, Desiree acordou um dia convencida de que havia algo no ar que ameaçava sua paz. No início, era sutil demais para apreender. Só uma sugestão inquietante; um ar de mistério entre os negros; visitas inesperadas de vizinhos de longe, que mal podiam pagar os custos da viagem. Depois uma mudança estranha e horrível nas maneiras do marido, que ela não se atreveu a questionar. Quando falava com ela, era com o olhar distante, e a antiga luz do amor parecia ter-se apagado nos olhos dele. Ele se ausentava de casa; e, quando lá estava, evitava a presença dela e do filho sem oferecer desculpas. E o próprio espírito de Satã pareceu apoderar-se dele de repente no trato com os escravos. Desiree estava suficientemente infeliz para morrer.

Em uma tarde quente, ela sentou em seu quarto de penhoar, deslizando os dedos sem vontade pelas mechas do longo e sedoso cabelo castanho, solto sobre os ombros. O bebê, seminu, dormia perto dela na grande cama de mogno, que era como um trono suntuoso, com seu meio toldo forrado de cetim. Um dos mestiços de La Blance, um menino pequeno e também seminu, abanava a criança lentamente com um leque de penas de pavão. Desiree olhava de maneira fixa e distraída para o bebê, enquanto se esforçava para penetrar a névoa ameaçadora que sentia se fechando em torno dela. Olhou do bebê para o menino parado ao lado dele, e de novo para o bebê; muitas vezes.

– Ah! – Foi um grito que ela não conseguiu conter; que não tinha consciência de ter dado. O sangue gelou em suas veias, e uma umidade pegajosa cobriu seu rosto.

Tentou falar com o menininho mestiço, mas não emitiu nenhum som, de início. Quando ouviu seu nome, ele levantou a cabeça e viu sua senhora apontando para a porta. Deixou de lado o grande e macio leque e, obediente, saiu, caminhando descalço na ponta dos pés pelo assoalho polido.

Ela ficou imóvel, com os olhos cravados no filho e o rosto tomado pelo pavor.

Nesse momento, o marido entrou no quarto e, sem notar sua presença, aproximou-se de uma mesa e começou a procurar alguma coisa entre os papéis que a cobriam.

– Armand – ela o chamou com uma voz que deveria tê-lo atingido como uma faca, se ele fosse humano. Mas ele nem percebeu. – Armand – ela repetiu. Depois levantou e se aproximou dele. – Armand – repetiu ofegante, segurando-o pelo braço. – Olhe para seu filho. O que isso significa? Diga-me.

Ele soltou os dedos dela de seu braço com gentileza fria e afastou sua mão.

– Diga o que isso significa! – ela gritou com desespero.

– Significa que a criança não é branca – ele respondeu sem se alterar. – Significa que você não é branca.

A compreensão rápida do que essa acusação significava para ela a encheu de coragem.

– Não é verdade; isso não é verdade, eu sou branca! Olhe para o meu cabelo, é castanho; e meus olhos são cinzentos. Armand, você sabe que são cinzentos. E minha pele é clara. – Ela segurou seu pulso. – Olhe para minha mão; é mais branca que a sua, Armand. – Ela riu, histérica.

– Tão branca quando La Blanche – ele respondeu com tom cruel, e se retirou, deixando-a sozinha com o filho.

Quando conseguiu segurar a pena, ela enviou uma carta desesperada para madame Valmonde.

"Minha mãe, dizem que não sou branca. Armand me disse que não sou branca. Pelo amor de Deus, diga a eles que isso não é verdade. Você deve saber que não é verdade. Vou morrer. Não posso viver. Não posso ser tão infeliz e continuar viva."

A resposta que chegou era breve:

"Minha Desiree, volte para sua casa, para Valmonde, para sua mãe que a ama. Venha com seu filho."

Quando a carta chegou, Desiree a levou ao escritório do marido e a deixou aberta sobre a mesa. Depois disso, ficou ali como uma estátua de pedra: silenciosa, branca, imóvel.

Ele leu as palavras em silêncio, com olhos frios.

Não disse nada.

– Devo ir, Armand? – ela perguntou com tom incisivo.

– Sim, vá.

– Você quer que eu vá?

– Sim, eu quero que vá.

Ele pensava que Deus Todo-poderoso tinha sido injusto e cruel; e sentia, de alguma maneira, que pagava a Deus na mesma moeda quando esfaqueava assim a alma da esposa. Além disso, não a amava mais, por causa da injúria inconsciente que ela havia causado à sua casa e ao seu nome.

Ela se virou como se tivesse sido atingida por um golpe físico, e andou lentamente para a porta, esperando que o marido a chamasse de volta.

– Adeus, Armand – gemeu.

Ele não respondeu. Esse era seu último golpe contra o destino.

Desiree foi procurar o filho. Zandrine andava com o bebê pela sombra da sacada. Ela o pegou dos braços da ama sem nenhuma palavra de explicação e desceu a escada; afastou-se caminhando sob os galhos do carvalho.

Era uma tarde de outubro; o sol começava a baixar no céu. Os negros colhiam algodão nos campos.

Desiree não havia trocado a roupa fina e branca nem os chinelos que calçava. Tinha os cabelos descobertos, e os raios de sol criavam reflexos dourados nas mechas castanhas. Ela não seguiu pela estrada larga e batida para a distante fazenda de Valmonde. Andava por um campo deserto, onde a vegetação rasteira feria seus pés delicados e rasgava a bainha do vestido fino.

Desapareceu em meio aos juncos e salgueiros que cresciam abundantes às margens do riacho profundo, espumante; e nunca mais voltou.

Algumas semanas mais tarde, uma cena curiosa aconteceu em L'Abri. Havia uma grande fogueira no centro do pátio atrás da casa, perfeitamente varrido. Armand Aubigny estava sentado no corredor largo de onde podia assistir ao espetáculo; e foi ele quem deu a meia dúzia de negros o material que mantinha aquele fogo aceso.

Um gracioso berço de salgueiro, com todos os detalhes delicados, foi posto sobre a pira, que já havia sido alimentada com a riqueza de um enxoval de valor estimável. Depois foram vestidos de seda, veludo e cetim; rendas também, e bordados; chapéus e luvas; porque o enxoval da noiva, seu presente de casamento para ela, tinha sido de rara qualidade.

A última coisa a ser posta no fogo foi um pequeno maço de cartas; mensagens inocentes que Desiree mandou para ele nos tempos do noivado. Restava apenas uma na gaveta de onde ele as tirou. Mas não era de Desiree; era parte de uma velha carta da mãe para o pai dele. Ela agradecia pela bênção do amor do marido:

"Mas, acima de tudo", escreveu, "noite e dia, agradeço ao bom Deus por ter arranjado nossa vida de tal forma que nosso querido Armand jamais saiba que a mãe, que o adora, pertence à raça que é amaldiçoada pela marca da escravidão".

Uma mulher respeitável

A senhora Baroda ficou um pouco contrariada ao saber que o marido esperava seu amigo, Gouvernail, para passar uma ou duas semanas na fazenda.

Tinham recebido muito durante o inverno; boa parte do tempo eles passaram em Nova Orleans, em várias formas de diversão moderada. Agora ela esperava ansiosa por um período de repouso sem interrupções, por uma convivência próxima com o marido, e ele a informava de que Gouvernail logo chegaria para passar uma ou duas semanas.

Esse era um homem de quem ouvia falar, mas nunca tinha visto. Ele foi colega de faculdade de seu marido; hoje era jornalista e não tinha nada de homem de sociedade, ou "homem da cidade", e essa era, talvez, uma das razões pelas quais nunca o conheceu. Mas havia formado inconscientemente uma imagem dele. Imaginava-o alto, magro, cínico; de óculos, com as mãos nos bolsos; e não gostava dele. Gouvernail era magro, mas não muito alto nem muito cínico; também não usava óculos nem costumava manter as mãos nos bolsos. E ela simpatizou com ele, quando foram apresentados.

Mas por que gostava dele era algo que não conseguia entender, nem quando tentava. Não via nele nenhuma daquelas características brilhantes e promissoras que Gaston, seu marido, tantas vezes havia assegurado existirem nele. Pelo contrário, ele se mantinha silencioso diante de sua conversa ansiosa para fazê-lo sentir-se à vontade, e diante da franca e eloquente hospitalidade de Gaston. Sua atitude com ela era tão cortês quanto poderia esperar a mais exigente das mulheres; mas ele não fazia nenhum apelo direto à sua aprovação, nem mesmo à sua estima.

Uma vez acomodado na fazenda, parecia gostar de sentar-se no pórtico amplo, à sombra de uma das grandes colunas coríntias, fumando seu cigarro preguiçosamente e ouvindo com atenção a experiência de Gaston como produtor de cana.

– Isso é o que chamo de vida – dizia com profunda satisfação, enquanto o ar que soprava pelo canavial o acariciava com seu toque morno e perfumado.

Ele também gostava de fazer amizade com os cachorros grandes que se aproximavam, tratando-o com simpatia. Não gostava de pescar e não demonstrou o menor interesse em sair para caçar aves, quando Gaston o convidou.

A personalidade de Gouvernail intrigava a senhora Baroda, mas ela gostava dele. De fato, ele era um sujeito adorável, inofensivo. Depois de alguns dias, quando não foi capaz de entendê-lo melhor que no início, ela desistiu de permanecer intrigada e continuou curiosa. Com essa disposição, deixava o marido e seu hóspede a sós na maior parte do tempo. Depois, ao perceber que Gouvernail não se incomodava com sua atitude, ela impôs sua companhia, acompanhando-o em caminhadas lentas até o moinho e passeios ao longo da margem do rio. Procurava de maneira persistente penetrar a reserva de que ele tinha se cercado de maneira inconsciente.

– Quando ele vai embora... seu amigo? – ela perguntou um dia ao marido. – De minha parte, ele me cansa terrivelmente.

– Ele ainda fica uma semana, minha querida. E não consigo entender. Ele não lhe dá nenhum trabalho.

– Não. E eu gostaria mais dele, se desse; se precisasse mais do serviço alheio, e eu tivesse de planejar alguma coisa que fosse para seu conforto e também para seu entretenimento.

Gaston segurou o rosto bonito da esposa entre as mãos e olhou com ternura e humor dentro de seus olhos perturbados.

Eles se arrumavam juntos no quarto de vestir da senhora Baroda.

– Você é cheia de surpresas, *ma belle* – ele disse. – Nem eu consigo prever como vai agir em determinadas circunstâncias. – E a beijou, depois virou de frente para o espelho para arrumar a gravata.

– Veja só – continuou –, você aí levando o pobre Gouvernail a sério e criando grande comoção em torno dele, e essa é a última coisa que ele deseja ou espera.

– Comoção! Que absurdo! – reagiu, ressentida. – Como pode dizer isso? Comoção, francamente! Mas, sabe, você disse que ele era inteligente.

– E é. Mas o pobre coitado está esgotado agora pelo excesso de trabalho. Por isso o convidei para vir e descansar.

– Você dizia que ele era um homem de ideias – ela insistiu, inconformada. – Eu esperava que ele fosse interessante, pelo menos. Vou à cidade amanhã, para ajustar meus vestidos de primavera. Avise-me quando o senhor Gouvernail for embora; estarei na casa de minha tia Octavie.

Naquela noite, ela foi sentar sozinha em um banco sob um carvalho, à beira de uma alameda de cascalho.

Nunca antes tinha tido pensamentos ou intenções tão confusas. Não conseguia extrair nada deles, exceto a sensação de uma distinta necessidade de deixar sua casa na manhã seguinte.

A senhora Baroda ouviu passos no cascalho, mas na escuridão só conseguiu distinguir a ponta vermelha de um cigarro aceso se aproximando. Sabia que era Gouvernail, porque seu marido não fumava. Esperava que ele não a visse, mas o vestido branco revelou sua presença. Ele jogou fora o cigarro e sentou-se no banco a seu lado, sem suspeitar de que ela poderia se opor à sua presença.

– Seu marido me pediu para lhe trazer isto, senhora Baroda – ele falou, entregando a ela uma fina echarpe branca com a qual ela cobria a cabeça e os ombros, às vezes.

Ela aceitou a echarpe, murmurou um agradecimento e a deixou sobre as pernas.

Ele fez um comentário qualquer sobre o efeito nefasto do ar noturno naquela estação. Depois, olhando para a escuridão, murmurou como se falasse para si mesmo:

– Noite dos ventos do sul... noite das grandes estrelas escassas! Noite quieta e sonolenta...

Ela não respondeu a essa apóstrofe da noite, que, de fato, não era endereçada a ela.

Gouvernail não era um homem tímido, de maneira nenhuma, porque não era inseguro. Seus períodos de retraimento não eram impostos, mas o resultado de humores. Sentado ali ao lado da senhora Baroda, seu silêncio desaparecia.

Ele falava com liberdade e de maneira íntima com um tom baixo, hesitante, que não era desagradável de ouvir. Falava sobre os velhos tempos da faculdade, quando ele e Gaston eram importantes um para o outro; dos dias de ambições cegas e grandes intenções. Agora restava com ele, ao menos, uma aquiescência filosófica à ordem existente – só um desejo de poder existir, com um pequeno sopro de vida autêntica aqui e ali, como esse que respirava agora.

Ela entendia apenas vagamente o que ouvia. No momento, seu ser físico predominava. Não pensava nas palavras dele, só bebia os tons de sua voz. Queria estender a mão na escuridão e tocar seu rosto e os lábios com a ponta sensível dos dedos. Queria chegar mais perto dele e sussurrar com a boca em seu rosto – não interessava o quê –, como poderia ter feito se não fosse uma mulher respeitável.

Quanto mais se fortalecia o impulso para se aproximar dele, mais ela se afastava. Assim que sentiu que poderia levantar sem parecer muito rude, ela o deixou ali sozinho.

Antes que ela chegasse em casa, Gouvernail acendeu outro cigarro e concluiu sua apóstrofe para a noite.

A senhora Baroda se sentia muito tentada a contar ao marido – que também era seu amigo – sobre essa tolice que se havia apoderado dela. Mas não cedeu à tentação. Além de ser uma mulher respeitável, era muito sensata; e sabia que havia algumas batalhas na vida que um ser humano precisava lutar sozinho.

Quando Gaston se levantou na manhã seguinte, a esposa já tinha partido. Embarcara em um trem para a cidade. E não voltou até que Gouvernail não estivesse mais embaixo de seu teto.

Havia rumores sobre ele voltar para mais uma visita no próximo verão. Isto é, Gaston desejava muito que ele voltasse; mas esse desejo encontrou forte oposição da esposa.

No entanto, antes do fim do ano, ela propôs espontaneamente que convidassem Gouvernail para uma nova visita. O marido ficou surpreso e muito contente por essa sugestão ter partido dela.

– Fico feliz, *chere amie*, por saber que finalmente superou sua antipatia por ele; de verdade, ele não merecia.

– Ah – ela respondeu rindo, depois de beijar seus lábios com ternura. – Superei tudo! Você vai ver. Dessa vez serei muito agradável com ele.

O BEIJO

Ainda estava claro do lado de fora, mas lá dentro, com as cortinas fechadas e o fogo espalhando uma luminosidade amena, incerta, a sala se enchia de sombras profundas.

Brantain estava sentado em uma dessas sombras; ela o encontrou, e ele não se incomodou. A penumbra dava a ele coragem para olhar com todo o ardor que quisesse para a garota sentada à luz do fogo.

Ela era muito bonita, com uma coloração delicada e rica que é típica de uma morena saudável. Estava composta e afagava com preguiça o pelo acetinado do gato deitado em seu colo. Às vezes olhava de lado para as sombras onde se encontrava seu acompanhante. Eles falavam baixo sobre coisas indiferentes que, claramente, não eram as que ocupavam seus pensamentos. Ela sabia que ele a amava – um sujeito franco e expansivo, sem malícia suficiente para esconder seus sentimentos e com nenhum desejo de tentar. Nas duas semanas anteriores, ele a havia procurado com ansiedade e persistência. Ela esperava confiante que ele se declarasse, e pretendia aceitá-lo. O insignificante e nada atraente Brantain era muito rico, e ela apreciava e queria a entourage que a riqueza poderia lhe dar.

Durante uma das pausas entre a conversa no último chá e a recepção seguinte, a porta se abriu para deixar entrar um jovem que Brantain conhecia muito bem. A menina olhou para ele. Um ou dois passos o levaram para perto dela, e, curvado sobre sua cadeira – antes que pudesse suspeitar de sua intenção, porque não percebeu que ele não tinha notado a presença do visitante –, ele plantou um beijo longo e ardente em seus lábios.

Brantain levantou devagar; a garota também ficou em pé, mas depressa, e o recém-chegado ficou entre eles, o rosto tomado pela disputa entre humor e algum desafio e a confusão que o dominava.

– Creio – gaguejou Brantain –, vejo que já fiquei por tempo demais, eu não sabia... isto é, devo me despedir.

Ele segurava o chapéu com as duas mãos, e provavelmente nem percebia que ela estendia a mão em sua direção, sem perder a presença de espírito, mas insegura demais para falar.

– Ora, ora, não vi você sentado ali, Nattie! Sei que isso foi muito desconfortável para você. Mas espero que me perdoe... por esse primeiro arroubo. Ora, qual é o problema?

– Não toque em mim; não se aproxime – ela respondeu, zangada. – Como se atreve a entrar na minha casa sem tocar a campainha?

– Cheguei com seu irmão, como sempre – ele respondeu com tom frio, justificando-se. – Viemos pela porta lateral. Ele subiu, e eu vim aqui esperando encontrá-la. A explicação é simples, e deve entender que o contratempo foi inevitável. Mas diga que me perdoa, Nathalie – ele pediu, mais afável.

– Perdoar! Não sabe o que está dizendo. Deixe-me passar. Meu perdão vai depender... de muitas coisas.

Na recepção seguinte, sobre a qual ela e Brantain haviam falado, ela abordou o rapaz com uma atitude franca assim que o viu.

– Posso falar com você por um momento, senhor Brantain? – perguntou com um sorriso envolvente, mas tenso.

Ele parecia extremamente infeliz; mas, quando ela tocou seu braço e o levou para um canto mais afastado, um raio de esperança se misturou à expressão quase cômica de sofrimento. Ela era muito eloquente, aparentemente.

– Talvez eu não devesse procurá-lo para essa conversa, senhor Brantain, mas... mas, ah, tenho estado muito incomodada, quase miserável desde aquele encontro na outra tarde. Quando pensei em como poderia ter interpretado mal o que viu, e acreditado em coisas... – A esperança vencia o sofrimento no rosto redondo e ingênuo de Brantain. – É claro, sei que isso não representa nada para você, mas, por mim, quero que entenda que o senhor Harry é um amigo íntimo de muito tempo. Ora, sempre fomos como primos, como irmão e irmã, posso dizer. Ele é o amigo mais próximo de meu irmão e sempre acha que tem privilégios como alguém da família. Ah, eu sei que é absurdo, inesperado o que lhe digo; indigno, até. – Ela estava quase chorando. – Mas faz muita diferença, para mim, o que pensa a meu respeito. – A voz dela se tornava baixa e agitada. Todo o sofrimento havia desaparecido do rosto de Brantain.

– Então, realmente se importa com o que penso, senhorita Nathalie? Posso chamá-la de senhorita Nathalie?

Eles chegaram a um corredor longo e um pouco escuro, ladeado por plantas altas e graciosas. Andaram devagar até o fim dele. Quando viraram para voltar pelo mesmo caminho, o rosto de Brantain era radiante, e o dela, triunfante.

Harvy estava entre os convidados do casamento; e a procurou em um raro momento em que ela estava sozinha.

– Seu marido – ele disse, sorrindo – mandou-me aqui para beijá-la.

Um rubor rápido se espalhou por seu rosto e pelo pescoço.

– Suponho que seja natural um homem sentir e agir com generosidade em uma ocasião desse tipo. Ele me diz que não quer que esse casamento interrompa completamente essa agradável intimidade que existia entre mim e você. Não sei o que andou dizendo a ele – e sorriu insolente –, mas ele me mandou aqui para beijá-la.

Ela se sentia como uma jogadora de xadrez que, pela movimentação inteligente das peças, vê o jogo tomando a direção desejada. Seus olhos eram brilhantes e ternos, e ela sorriu ao fitar os dele; e seus lábios pareciam famintos pelo beijo que convidavam.

– Mas, sabe – ele continuou –, não disse isso a ele, porque teria parecido ingrato, mas posso dizer a você. Parei de beijar mulheres; é perigoso.

Bem, ela ainda tinha Brantain e seus milhões. Não se pode ter tudo na vida; e era um pouco irrazoável esperar por isso.

Um par de meias de seda

Um dia a senhora Sommers se viu inesperadamente de posse de quinze dólares. Para ela, a quantia parecia muito grande, e o jeito como o dinheiro enchia e dava volume ao velho e gasto *porte-monnaie* dava a ela uma sensação de importância que não experimentava há anos.

A questão do investimento a ocupava demais. Por um ou dois dias, ela andou em estado de aparente devaneio, mas a verdade era que estava compenetrada em especulação e cálculos. Não queria agir de maneira precipitada, fazer alguma coisa de que pudesse se arrepender depois. Mas foi no silêncio da noite, quando estava acordada revirando planos mentalmente, que ela viu claramente um uso apropriado e responsável para o dinheiro.

Um ou dois dólares seriam acrescentados ao valor pago habitualmente pelos sapatos de Janie, o que garantiria a eles uma duração muito maior do que costumavam ter. Compraria alguns metros de percal para fazer camisas novas para os meninos, Janie e Mag. Pretendia prolongar a vida das antigas com um habilidoso trabalho de conserto. Mag precisava de mais um vestido. Tinha visto alguns bem bonitos, verdadeiras pechinchas na vitrine das lojas. E ainda sobraria o suficiente para meias novas – dois pares pelo preço de um –, e quanto tempo durariam, com um bom cerzido! Compraria bonés para os meninos e chapéus de marinheiro para as meninas. Vislumbrar sua pequena prole renovada e bem-vestida, usando coisas novas pela primeira vez na vida, a animou e deixou inquieta e insone, antecipando as compras.

Às vezes os vizinhos falavam sobre certos "dias melhores" que a senhora Sommers conhecera antes mesmo de pensar em se tornar senhora Sommers. Ela mesma nunca se entregava a essas retrospectivas mórbidas. Não tinha tempo, nem um segundo de tempo para dedicar ao passado. As necessidades do presente absorviam todas as suas faculdades. Uma visão monstruosa de futuro às vezes a invadia, mas, com sorte, o amanhã nunca chegaria.

A senhora Sommers era alguém que conhecia o valor das barganhas; que era capaz de passar horas abrindo caminho centímetro a centímetro em direção ao objeto desejado, vendido abaixo do custo. Ela poderia abrir caminho à força, se necessário fosse; tinha aprendido a pegar uma mercadoria e segurar firme, com persistência e determinação, até chegar sua vez de ser atendida, independentemente de quando fosse.

Mas, naquele dia, estava um pouco fraca e cansada. Tinha comigo mal... não! Pensando bem, entre alimentar as crianças, arrumar a casa e se preparar para as compras, nem se lembrou de comer!

Ela sentou em uma banqueta giratória diante de um balcão relativamente vazio, tentando reunir forças e coragem para enfrentar uma multidão ávida que disputava peitos de camisa. Uma sensação de moleza a invadiu, e ela apoiou a mão no balcão. Não usava luvas. Aos poucos, tomou consciência de que a mão tinha encontrado algo macio, muito agradável ao toque. Olhou para baixo e viu que os dedos descansavam sobre uma pilha de meias de seda. Um cartaz perto delas anunciava que o preço tinha sido reduzido de dois dólares e cinquenta para um dólar e noventa e oito centavos; e uma jovem atrás do balcão perguntou se ela queria examinar a linha de artigos de seda. Ela sorriu, como se tivesse sido convidada a inspecionar uma tiara de diamantes com a intenção de comprá-la. Mas continuou tateando as peças macias, brilhantes, agora com as duas mãos, segurando-as no ar para ver a textura e senti-las deslizar por entre os dedos.

Dois vergões surgiram de repente em suas faces pálidas. Ela olhou para a menina.

– Acha que tem alguma oito e meio no meio destas aqui?

Havia várias na numeração solicitada. De fato, havia mais paredes desse número do que de qualquer outro. Um par azul-claro, outro lilás, alguns pretos e em vários tons de marrom e cinza. A senhora Sommers escolheu um par preto e olhou para ele com muita atenção. Queria examinar a textura, que a balconista dizia ser excelente.

– Um dólar e noventa e oito centavos – murmurou. – Bom, vou levar este par.

Ela deu à atendente uma nota de cinco dólares e esperou o troco e o pacote. Que pacote pequeno! Parecia se perder no fundo da velha sacola de compras.

Depois disso, a senhora Sommers não se dirigiu ao balcão das pechinchas. Pegou o elevador, que a levou a um andar mais alto e ao banheiro feminino. Ali, em um canto afastado, ela trocou as meias de algodão pelas novas de seda, que tinha acabado de comprar. Não estava agindo motivada por nenhum processo mental intenso ou por argumentação com ela mesma, nem tentava explicar a si mesma o motivo de sua atitude. Não estava pensando. Naquele momento, parecia estar descansando daquela função trabalhosa e cansativa e entregando-se a algum impulso mecânico que dirigia suas ações e a libertava de responsabilidade.

Como era bom o toque da seda na pele! Sentia vontade de deitar na poltrona estofada e se entregar por um momento a esse luxo. E foi o que fez, por um tempo. Depois calçou os sapatos, enrolou as meias de algodão e as guardou na sacola. Então seguiu diretamente à seção de calçados e sentou-se para experimentar alguns pares.

Era minuciosa. O vendedor não conseguia satisfazê-la; não conseguia combinar os sapatos com as meias, e ela não era fácil de agradar. Levantava um pouco as saias e virava os pés para um lado e para outro, inclinando a cabeça para olhar para os calçados brilhantes e bicudos. O pé e o tornozelo eram muito bonitos. Não conseguia se dar conta de que pertenciam a ela e eram parte dela mesma. Queria um modelo excelente e de ajuste perfeito, disse ao rapaz que a atendia, e não se importava com a diferença de um ou dois dólares a mais no preço, desde que encontrasse o que desejava.

Fazia muito tempo que a senhora Sommers não experimentava luvas. Nas raras ocasiões em que comprou um par, sempre foi em "pechinchas", produtos tão baratos que seria ridículo e irrazoável esperar que se ajustassem à mão.

Agora ela apoiava o cotovelo na almofada do balcão de luvas, e uma criatura jovem, bonita e agradável, delicada e de toque habilidoso, calçava nela uma luva de cano longo. Ela a alisou em torno do pulso e a abotoou perfeitamente, e ambas se perderam por um ou dois segundos na contemplação das mãos pequenas em luvas simétricas. Mas havia outros lugares onde se podia gastar dinheiro.

Havia livros e revistas empilhados na vitrine de uma banca a alguns passos dali, descendo a rua. A senhora Sommers comprou duas revistas caras, como as que costumava ler nos dias em que era acostumada com coisas agradáveis. Levou-as sem embrulhar. Levantava as saias como podia nos cruzamentos. Meias, sapatos e luvas de ajuste perfeito faziam maravilhas por sua postura, davam a ela uma segurança, um sentimento de pertencimento entre as pessoas bem-vestidas.

Estava com muita fome. Em outros tempos, teria resistido até chegar em casa, onde teria preparado uma xícara de chá e feito um lanche com o que houvesse disponível. Mas o impulso que a guiava não admitiria esse tipo de pensamento.

Havia um restaurante na esquina. Ela nunca passara por aquelas portas; de fora, algumas vezes tinha visto pedaços de damasco impecável e cristal brilhante, e garçons de passos leves servindo pessoas elegantes.

Quando entrou, sua aparência não causou surpresa nem consternação, como temia que pudesse acontecer. Ela sentou sozinha em uma mesinha, e um garçom atencioso se aproximou imediatamente para atendê-la. Ela não queria quantidade. A vontade era de alguma coisa simples, boa e saborosa – meia dúzia de ostras, uma costeleta rechonchuda com agrião, algo doce – um *crème-frappée*, por exemplo; uma taça de vinho do Reno e, para terminar, uma pequena xícara de café preto.

Enquanto esperava para ser servida, ela tirou as luvas sem pressa e as deixou a seu lado. Depois pegou uma revista e a folheou, separando as páginas com o lado cego da faca. Era tudo muito agradável. O damasco era ainda mais impecável do que parecia através da janela, e o cristal, mais brilhante. Havia damas e cavalheiros contidos, que não notavam sua presença, almoçando em mesinhas como as dela. Havia música suave e agradável, e uma brisa mansa soprando pela janela. Ela provou a comida, leu uma ou duas palavras e bebeu um gole do vinho dourado, movendo os dedos dos pés dentro das meias de seda. O preço não fazia diferença. Ela contou o dinheiro e o entregou ao garçom, deixando uma moeda a mais na bandeja. Ele se curvou diante dela como faria diante de uma princesa de sangue real.

Ainda havia dinheiro em sua bolsa, e a tentação seguinte se apresentou na forma de um cartaz de matinê.

Um pouco mais tarde, ela entrou no teatro. A peça havia começado, e o lugar parecia lotado, mas havia assentos vagos aqui e ali, e ela foi conduzida a um deles, entre mulheres bem-vestidas que estavam ali para matar o tempo, comer doces e exibir as roupas requintadas. Muitas outras estavam ali apenas pela peça e pela atuação. É seguro afirmar que não havia ninguém ali com a mesma atitude da senhora Sommers em relação ao ambiente. Ela examinava tudo – palco, atores e pessoas em uma análise ampla – e absorvia e apreciava as informações. Riu da comédia e chorou – ela e a mulher elegante a seu lado choraram – com a tragédia. E conversaram um pouco sobre ela. E a mulher elegante enxugou os olhos e choramingou em um quadradinho de renda fina e perfumada, e ofereceu sua caixa de doces à senhora Sommers.

A peça acabou, a música chegou ao fim, a plateia saiu. Era como o fim de um sonho. Pessoas se espalhavam em todas as direções. A senhora Sommers foi até a esquina e esperou o carro de aluguel.

Um homem de olhos penetrantes, sentado na frente dela, parecia estudar seu rosto pequeno e pálido. Estava intrigado, tentando decifrar o que via ali. Na verdade, não via nada – a menos que fosse genial o suficiente para detectar um desejo pungente, um anseio poderoso de que o carro de aluguel jamais parasse em lugar nenhum, apenas a levasse sempre em frente, para sempre.

O MEDALHÃO

1

Uma noite, no outono, alguns homens se reuniram em torno de uma fogueira, na encosta de uma colina. Eles integravam um pequeno destacamento das forças Confederadas e esperavam ordens para marchar. Seus uniformes cinzentos eram mais que gastos. Um dos homens aquecia alguma coisa em uma caneca de lata sobre as brasas. Dois estavam deitados a alguma distância dos outros, e um quarto homem tentava decifrar uma carta, que aproximava da luz. Ele havia desabotoado o colarinho e boa parte da camisa de flanela.

– O que é isso no seu pescoço, Ned? – perguntou um dos homens deitados no escuro.

Ned, ou Edmond, abotoou de maneira mecânica mais um botão da camisa e não respondeu. Continuou lendo sua carta.

– É a foto da sua namorada?

– Não é foto de garota nenhuma – disse o homem ao lado do fogo. Ele havia removido a caneca das chamas e mexia o conteúdo com uma varetinha. – É um amuleto; um negócio de vodu que um sacerdote deu a ele para não se meter em confusão. Conheço os católicos. É assim que o francesinho foi promovido e nunca sofreu nem um arranhão desde que se alistou. Ei, francês! Não é isso? – Edmond ergueu o olhar da carta com ar distraído.

– O quê? – perguntou.

– Não é um amuleto que você tem no pescoço?

– Deve ser, Nick – Edmond respondeu sorrindo. – Não sei como teria suportado esse ano e meio sem ele.

A carta tinha deixado o coração de Edmond doente e cheio de saudade de casa. Ele se deitou de costas e olhou para as estrelas cintilantes. Mas não pensava nelas, nem em nada que não fosse um certo dia de primavera, quando as abelhas zumbiam nas flores e uma garota se despedia dele. Ela tirou o medalhão do pescoço e o transferiu para o pescoço dele. Era um antigo berloque de ouro que continha fotos do pai e da mãe dela, seus nomes e a data em que se casaram. Era o que ela tinha de mais precioso na terra. Edmond podia sentir novamente o tecido macio do vestido branco, via as mangas de anjo se abrindo quando ela passou os braços em torno de seu pescoço. Seu rosto doce, atraente, patético, atormentado pela dor da despedida surgia agora diante dele tão vivo como a própria vida. Ele virou, escondeu o rosto no braço e lá ficou, quieto e imóvel.

A noite profunda e traiçoeira com seu silêncio e semblante de paz envolveu o acampamento. Ele sonhou que a bela Octavie trazia uma carta para ele. Não tinha cadeira para oferecer a ela e sentia-se incomodado e constrangido com as condições de suas roupas. Envergonhava-se da comida pobre que compunha o jantar, o qual a convidou a compartilhar.

Sonhou com uma serpente se enrolando em seu pescoço, e, quando tentava agarrá-la, a coisa escorregadia deslizava para longe de suas mãos. Então, o sonho se transformou em um clamor.

– De pé! Você! Francês! – Nick gritava na frente de seu rosto.

Houve o que parecia ser uma correria, em vez de um movimento organizado. A encosta da colina se encheu de sons e movimentos, de luzes repentinas entre os pinheiros. No leste, o amanhecer se descortinava na escuridão. Sua luminosidade ainda era uma promessa na planície lá embaixo.

"O que significa tudo isso?", refletia um pássaro preto empoleirado no topo da árvore mais alta. Ele era um velho solitário e sábio, mas não era sábio o bastante para deduzir o que significava aquilo. E passava o dia todo piscando e refletindo.

O barulho chegou muito além da planície e atravessou as colinas, acordando os bebês que dormiam em seus berços. A fumaça buscava o sol e desenhava sombras na planície, de forma que os pássaros estúpidos achavam que ia chover; mas o sábio sabia que não.

"São crianças brincando", ele pensou. "Vou saber mais sobre esse jogo, se continuar olhando."

Quando a noite se aproximou, todos haviam desaparecido em meio ao barulho e à fumaça. Então, o velho pássaro preto sacudiu suas penas. Finalmente tinha entendido! Com um movimento das grandes asas negras, ele alçou voo e desceu, voando em círculos sobre a planície.

Um homem a atravessava. Vestia trajes de clérigo. Sua missão era administrar os consolos da religião a qualquer criatura prostrada na qual pudesse haver ainda uma centelha de vida. Um negro o acompanhava, carregando um balde de água e um cantil com vinho.

Não havia feridos ali; foram levados. Mas a retirada foi apressada, e os abutres e os samaritanos teriam de procurar os mortos.

Havia um soldado – só um menino – caído com o rosto voltado para o céu. As mãos agarravam a relva dos dois lados, e as unhas estavam cheias de terra e fragmentos de grama, que ele havia recolhido em seu apego desesperado à vida. Seu mosquete tinha sumido; ele estava sem chapéu, e rosto e roupas estavam imundos. Havia uma corrente e um medalhão dourado pendurados em seu pescoço. O sacerdote, debruçado sobre ele, abriu o fecho da corrente e a removeu do pescoço do soldado. Tinha se acostumado aos horrores da guerra e podia encará-los sem se impressionar; mas a tristeza nela, de alguma razão, sempre enchia de lágrimas seus olhos velhos, apagados.

O ângelus ecoava um quilômetro distante. O sacerdote e o negro se ajoelharam e murmuraram juntos a bênção do anoitecer e uma prece pelos mortos.

2

A paz e a beleza de um dia de primavera desceram sobre a terra como uma bênção. Ao longo da estrada arborizada que acompanhava as curvas de um riacho estreito e tortuoso no centro de Louisiana, sacolejava um velho cabriolé, em péssimas condições pelo uso constante nas esburacadas estradas rurais. Os cavalos gordos e pretos seguiam em um trote lento, comedido, apesar do incentivo constante por parte do cocheiro gordo e preto. Dentro do veículo estavam a bela Octavie e seu antigo amigo e vizinho, juiz Pillier, que tinha ido buscá-la para um passeio matinal.

Octavie usava um vestido preto, severo por sua simplicidade. Um cinto estreito o segurava na cintura, e as mangas terminavam em punhos justos. Ela havia descartado o saiote de armação e tinha uma aparência parecida com a de uma freira. Sob as dobras do corpete repousava o velho amuleto. Ela agora nunca o exibia. Tinha sido devolvido santificado, em sua opinião; ganhara preciosidade, como às vezes acontece com as coisas materiais que são identificadas para sempre com o momento significativo da existência de alguém.

Tinha lido uma centena de vezes a carta que acompanhava o medalhão. Pouco antes, naquela mesma manhã, havia se debruçado sobre ela. Quando estava sentada ao lado da janela, alisando a carta sobre o joelho, odores intensos e temperados a alcançaram junto com o canto dos pássaros e o ruído dos insetos no ar.

Ela era muito jovem, e o mundo era tão belo que se abateu sobre ela uma sensação de irrealidade, quando leu e releu várias vezes a carta do sacerdote. Ele contava sobre aquele dia de outono chegando ao fim, com o ouro e o vermelho se apagando do céu a oeste, e a noite reunindo suas sombras para cobrir o rosto dos mortos. Ah! Não podia acreditar que um daqueles mortos era dela! Alguém com os olhos voltados para o céu cinzento na agonia da súplica. Um espasmo de resistência e revolta a invadiu e dominou. Por que a primavera chegava com suas flores e seu hálito sedutor, se ele estava morto? Por que ela estava ali? O que mais tinha a fazer com a vida e o viver?

Octavie tinha enfrentado muitos momentos de desespero como esse, mas uma resignação bendita nunca deixava de aparecer, e mais uma vez a envolveu como um manto.

– Vou ficar velha, quieta e triste como a pobre tia Tavie – murmurou para si mesma enquanto dobrava a carta e a devolvia à escrivaninha.

Já tinha um certo ar distante, como tia Tavie. Andava com passos leves e lentos, imitando sem perceber madame Tavie, de quem alguma aflição quando era jovem havia roubado a alegria terrena, mas deixara nela as ilusões da juventude.

Sentada no velho cabriolé ao lado do pai do amante morto, mais uma vez Octavie era tomada pela terrível sensação de perda que se apresentara tantas vezes antes. A alma da juventude clamava por seus direitos, por uma parte da glória e da alegria do mundo. Ela se encostou no banco e puxou o véu um pouco mais perto do rosto. Era um velho véu preto de sua tia Tavie. Um sopro do pó da estrada havia entrado no veículo, e ela limpou as faces e os olhos com o lenço branco e macio, um lenço feito em casa, fabricado com o tecido de um antigo saiote de fina musselina.

– Faça-me um favor, Octavie – pediu o juiz com o tom cortês que nunca abandonava. – Remova esse véu. Não harmoniza com a beleza e a promessa do dia, de alguma maneira.

A jovem acatou, obediente, o desejo de seu acompanhante e soltou o véu sombrio e incômodo do chapéu, dobrou-o com cuidado e o deixou sobre o assento à sua frente.

– Ah! Assim é melhor; muito melhor! – ele aprovou com um olhar que expressava alívio sem limites. – Nunca mais use isso, minha querida.

Octavie sentia-se um pouco magoada, como se ele quisesse privá-la aos poucos do fardo de aflição que havia sido imposto a todos eles. Mais uma vez, ela pegou o lenço de musselina.

Tinham saído da estrada larga e seguido por uma planície plana que antes era um prado. Havia pequenos agrupamentos de árvores espinhosas aqui e ali, lindas em seu esplendor primaveril. Alguns bois pastavam ao longe, em áreas onde a grama era alta e abundante. Do outro lado do prado ficava a cerca lilás, contornando a via que levava à casa do juiz Pillier, e o aroma de suas flores os recebeu com um terno e suave abraço de boas-vindas.

Quando eles se aproximaram da casa, o cavalheiro passou um braço em torno dos ombros da jovem e, virando-a de frente para ele, disse:

– Não acha que, em um dia como hoje, milagres podem acontecer? Quando toda a terra é vibrante e cheia de vida, não parece, Octavie, que o céu pode ceder e devolver nossos mortos?

Ele falava muito baixo, deliberadamente e de maneira impressionante. Em sua voz havia um tremor que não era habitual, e via-se a agitação em cada linha do rosto. Ela o fitou com olhos cheios de súplica e uma alegria que se misturava a um certo pavor.

Percorriam o caminho com a cerca alta de um lado e o prado aberto do outro. Os cavalos apressaram o passo preguiçoso. Quando viraram na alameda que se estendia até a casa, um coral de cantores emplumados entoou uma enxurrada de acolhidas melódicas de seus esconderijos entre as folhas.

Octavie tinha a sensação de que entrava em um sonho, uma experiência mais pungente e mais real que a vida. Lá estava a antiga casa cinza, com seus telhados inclinados. Em meio à vegetação verde e um pouco turva, via rostos conhecidos e ouvia vozes como se viessem de campos distantes, e Edmond a abraçava. Seu Edmond, morto; seu Edmond vivo, e sentia o pulsar de seu coração no peito e o êxtase aflito de seus beijos tentando acordá-la. Era como se o espírito da vida e o despertar da primavera tivessem devolvido a alma a sua juventude e sua alegria.

Muitas horas mais tarde, Octavie tirou o medalhão do pescoço e olhou para Edmond com ar intrigado.

– Foi na noite anterior a uma missão – ele disse. – Na pressa da reunião, e na retirada no dia seguinte, não senti falta dele, até que a batalha acabou.

É claro que pensei que o tivesse perdido no calor do confronto, mas ele havia sido roubado.

– Roubado – a jovem estremeceu, e pensou no soldado morto com o rosto voltado para o céu em súplica aflita.

Edmond não disse nada; mas pensava em um companheiro de luta; aquele que tinha ficado deitado no escuro, afastado; aquele que não disse nada.

Uma reflexão

    Algumas pessoas nascem com uma energia vital e reativa. Isso não só as capacita a enfrentar todos os momentos; isso as qualifica a fornecer a si mesmas boa parte da força motriz para seu ritmo acelerado. São seres afortunados. Não precisam apreender o significado das coisas. Não se cansam nem perdem o ritmo, não perdem posições e não são deixados de lado, abandonados para ver a procissão passar.

    Ah! Essa procissão que passou e me deixou na estrada! Suas cores fantásticas são mais brilhantes e belas que o sol em águas ondulantes. Que importa se almas e corpos caem sob os pés da multidão em constante movimento? Ela progride com o ritmo majestoso das esferas. Seus estrondos dissonantes são levados ao alto em uma nota harmoniosa que se mistura à música de outros mundos – para completar a orquestra de Deus.

    Ela é maior que as estrelas – essa procissão em movimento de energia humana; maior que a terra palpitante e as coisas que crescem nela. Ah! Eu poderia chorar por ter sido deixada para trás, abandonada com a grama, as nuvens e alguns animais estúpidos. É verdade, sinto-me à vontade na companhia desses símbolos da imutabilidade da vida. Na procissão, eu sentiria os pés esmagando, a dissonância dos estrondos, as mãos implacáveis e o ar sufocante. Não poderia ouvir o ritmo da marcha.

Salve! Vocês, corações estúpidos. Fiquemos quietos e esperemos à margem da estrada.